烟火人间

——一个行吟者的履痕

曾毓琳 著

天津出版传媒集团
百花文艺出版社

图书在版编目（CIP）数据

烟火人间：一个行吟者的履痕 / 曾毓琳著 . -- 天津：百花文艺出版社，2024.4

ISBN 978-7-5306-8827-4

Ⅰ . ①烟… Ⅱ . ①曾… Ⅲ . ①诗集—中国—当代 Ⅳ . ① I227

中国国家版本馆 CIP 数据核字 (2024) 第 076734 号

烟火人间：一个行吟者的履痕
YANHUO RENJIAN : YIGE XINGYINZHE DE LVHEN
曾毓琳　著

出 版 人：薛印胜
责任编辑：郑　爽
装帧设计：悟阅文化
出版发行：百花文艺出版社
地址：天津市和平区西康路 35 号　**邮编：**300051
电话传真：+86-22-23332651（发行部）
+86-22-23332656（总编室）
+86-22-23332478（邮购部）
网址：http://www.baihuawenyi.com
印刷：成都市兴雅致印务有限责任公司
开本：880 毫米 ×1230 毫米　1/32
字数：263 千字
印张：14.5
版次：2024 年 4 月第 1 版
印次：2024 年 4 月第 1 次印刷
定价：89.00 元

如有印装质量问题，请与成都市兴雅致印务有限责任公司联系调换
地址：成都市金牛区沙河源街道陆家桥社区
电话：028-83181689
邮编：610000

在路上，只因梦未央

怀揣热爱、勇气和毅力，我走过了许多地方。风里雨里，骄阳下雾海中，我试图尽可能从中打捞出一些闪亮和美好。

有不少地方人迹罕至，没有喧嚣的市声，我在那静寂中发现了它们令人窒息的美。有不少日子过得跌跌撞撞，我举高香敬神明，抵去心中的意难平。

行走着，歌吟着，浅浅的履痕是生命延伸下去的利器。我一直在路上，只因梦未央。

是为序。

曾毓琳

2024 年 1 月 15 日

目　录

CONTENTS

第一辑　四季

第二辑　岁月

第三辑　草木

第四辑　怀人

第五辑　故土

第六辑　乡野

第七辑　婺地

第八辑　江南

第九辑 西域

第十辑 天涯

第一辑　四季

结束与开始

最后一片叶子迟疑地落下
它再也找不到从前的枝条

最后一朵玫瑰残留芳华
尖锐的刺仍捍卫着火红的心

最后一页日历突然发力
一口气裁剪掉沉重的过往

依然有凉意潜伏在午夜的草丛
它们伺机偷袭露珠上的月辉

春天啊，你快从我裹紧的棉衣中发芽

邀约春天

邀约春天作我们重逢的背景
我以此视为生命的另一次出发

坚信在这样的提示下
春天会很早地睁开她娇羞的眼睛
大片大片的阳光
会绵绵密密地洒在大路上
我会以轻捷的步履
把这个冬天漫长的等待
迅速地完成

可是此时春天依然在流浪
我在苦苦默数春天的归期

早春

坚硬的冰层下
鱼为什么游弋得那般欢欣

厚厚的积雪中
梅花为什么爆出绯红

雨燕钻出了乌云
它的歌声分明有一丝忧伤

晚归的牧羊人
怀揣着老酒独自思乡

但是春天就这样杀奔而来
田间地头的野花怒气冲冲地绽开

每一粒跃动的芽苞都值得致敬

只是一阵春风的呼唤
雨就赶了过来
河面就不再顾忌地宽了起来

最后一场雪草草收场
那零星的雪粒迅速被竹影摇落
散成满地的油菜花

鲜美的生活扑面而至
每一粒跃动的芽苞都值得致敬
晦暗了一冬的页面迫不及待地更新

我惊讶于大地一夜之间的芬芳
她们仿佛是我失散多年的亲人
在无法描摹的温暖中重逢后又出发

元宵夜的月亮

它用硕大的圆，圈起了万里江山
它皎洁的清辉，抹去了多少人的忧伤

借助它的明亮，我翻阅起先秦和唐宋
繁华和凋敝间，此起彼伏着涛声

天籁，茂盛草木，明眸皓齿的美人
连同英雄梦、游子泪，悉数装入了锦匣

而我仰望苍穹，分明看见
是浩繁的残缺，构筑出它今夜的圆

让它在天幕上慢点隐去吧
不要让它听见梦的呼吸

惊蛰

北方仍有许多村庄是一片霜白
浮冰因为挤压裂变出春水最初的模样

南国冬日的线装书早已被打包入库
叶芽和花苞雀跃着抢占最上镜的枝头

颤动大地的惊雷接连炸响后
蛰伏太久的小虫子迫不及待地出场

从后山飞来的布谷、八哥、燕子们
又开始把簇新的憧憬铺满原野

雷声中山河的灰白长衫就此褪下
谢幕的又岂止是昨夜彗星的余烬

在四季的轮回中，多少人被春风救赎
农夫的我怎么可能不擦拭春耕的犁耙

春天的颂辞

今天的阳光好于以往任何一天
云朵与和煦的风互相竞争着洁净
我也与跳动在枝条上的叶芽
互相比拼着歌喉的嘹亮

没有理由怀疑季节的力量
许多不起眼的草都以群体之势
向世界呈现葳蕤
用叶尖上的翠绿呼应燕子的呢喃

油菜花山呼海啸般地庆祝
而桃花梨花樱花也早已完成了盛典的预算
野蜂们急不可耐地去采撷新鲜的甜蜜
就连小牛犊也在田垄上恣肆撒欢

激动心旌的音讯令残雪无地自容

接踵而至的暖意让孩子们的明眸闪亮

我从心中取出藏匿一冬的干柴

为锦绣的春天献上一团热烈的火焰

一抹桃红沾春雨

那时，我正从清澈的江边走过
江水波平，旋涡未见
蛰伏了一冬的枯草
开始彩排起迟来的春天

而我已准确捕捉到一抹桃红
她比枯草更迅捷地跃上早春的封面
没有谁察觉出她心中的秘密
只有细细的雨丝悄然为她化上彩妆

风仍带有寒意，但再也触不动疼痛
一些沉睡的希冀已现出透明的光泽
朝着枝头上的那抹桃红飞来的雨燕啊
轻松啄去了昨夜失意人长长的叹息

让我再凝眸一刻春雨中的桃红

她即将引燃温暖的世界

当她的花瓣含羞歌唱起来的时候

一定是我的开始，我奔向饱满的地方

微醺般的春日

春天醒来，那些隐忍了一冬的草木
终于掩饰不住内心的慌张

她们在枝条上跳舞，叶芽蓄满了春风
羞涩的表情下透露出愈发浓烈的芬芳

不少人换上春装在枝条下拍照
笑容是灿烂的，让燕子也多了几声呢喃

所有的色彩依次复苏，山川醒目了许多
少女们脸上的红晕如低吟浅唱的月光

我也不想步履蹒跚，在这微醺般的时刻
生活已然转身，我该如何撕去岁月的标签

桃花辞

雨水怎么可能模糊她们的双眸
芽苞在枝头上舞蹈，宛如透亮的初心

她们无意抑制心中的欢喜
在和煦的风中怒放就是对尊严的表达

因为她们，世界不再坚硬
迷途的燕子找到了呢喃的暖巢

因为她们，北方与南方互失身份
彼此的脚步都朝着葳蕤的方向

这动人心魄的桃花似绯红的修辞
让我肌肤里的皱纹荡漾开了春天的花瓣

隐忍

春天的舞台太拥挤了
一些懂事的植物
选择在秋天开花

她们是菊花、桂花、石蒜花
还有蟹爪兰、羊蹄甲、秋海棠
木芙蓉、文心兰、旱金莲也列队阵中

这样的场面出乎了春天的预料
菊花的观众潮捍卫了季节的尊严
金花茶和凤仙花定义了隐忍的力量

其实归雁的振翅声也是一种绽放
银杏树向天空摇曳也是一种绽放
晚熟的稻浪欢快的翻滚都是一种绽放

我在四月里来到人间

我已隐忍了几十个春秋

广袤的大地啊，你让我热烈绽放一回吧

谷雨

就像风追赶着一场场花事
绵绵的雨终于在子规阵阵呼唤中
飘落于浓稠的春天深处

我看见太多的叶芽与花蕾
从闭合中果断地张开，热烈如闪电
仿佛不如此就会错过完美的爱情

绿是主色调，涨潮的绿浪汹涌澎湃
篱笆上的蔷薇节节攀升
再也不愿把心思隐藏

秧苗的歌声清零了残存的霜期
蓬勃而发是所有生命共同的现在进行时
无数滴翠绿让旷野的繁荣有了巨大的可能

啜饮完一盏清茶，我的心愈发澄明

暮春的雨润湿的何止是沧桑岁月

也把未来的日子悄悄地提前润湿

春天里最后的泪滴

我以为油菜花地里绽放的都是欢颜
因为花朵们看上去是那样春意盎然

谁注意到那些根部的落叶
它们的眼神写满了无奈和不甘

春天来了，蜜蜂的欣喜用嗡嗡声来表达
就像无数个微型马达不停地运转

但落叶看不见这一切了
它们在对春天的怀想中溢出最后的泪滴

而油菜花在漫山遍野中兀自金黄着
它们在风中摇曳着舒展的生命

我将开始腐烂的叶子埋入泥土
小心翼翼地如同追寻远逝的青春

盛夏来临

梅雨已过，盛夏的狂欢开启
众多的果实争先恐后亮相
春天里一些已经绽放过的花
迟迟不愿就此谢幕

被梅雨季节的水洗过的天空
蓝得令许多眸子充满了惊喜
河水愈发欢快地流淌
岸边的每一丛菖蒲都顾盼生辉

杨梅熟透了，它在枝头上用点点殷红
让世人复习起它那曾在冰雪中的寒香
香梨、柚子和板栗树却从容不迫
水稻们则动起了置办开镰节上新装的心思

土地上起伏不休着五彩的农事

立夏

今日立夏，万物繁茂

万物至此时皆长大

写到立夏，就想到渐行渐远的春天

春天正不动声色地离开

写到离开，就想到人世间发生的邂逅

美丽而伤感的故事往往来不及收尾

写到收尾，就想到饱满的油菜籽

那金黄的油菜花花海渐渐成了记忆

写到记忆，我就默不作声

山河秩序重排，许多灵魂在暗夜里狂奔

城市的十二时辰也缤纷起精彩的瞬间
数不清的楼宇与远处的山川同频共振
暑天的热流其实是在催生更多的新绿

这是我们一直在赶路的祖国啊
季节的次第花开演绎了岁月的变幻
这是我们始终负重前行的人民啊
腹中的气、骨中的钙塑造出更葳蕤的荣光

热风穿过人间

日历翻至七月后
众多美好的词语繁花般盛开

我做足了功课
准备接纳款款而来的各种可能

会有强对流天气
会有突如其来的暴雨和持续的高温

这一切都尽可变成祥云
在瓦蓝的天空漂移

无论怎样都不要仰天长叹
纵然命运诡异，虚空一一碎去

热风穿过人间

蝉鸣的抒情一阵比一阵热烈

远方由远及近

流水声是来路与归途最好的解读

夏日的温柔

在蒸笼般的酷热高温里
秋天悄然地开始了构思
草籽、果核的归宿已有去向
只等一场充满凉意的风

而眼下的浓绿终将被浸润成金黄
蝉的歌唱亦将转换成悠悠的雁鸣
骄阳如此明亮，照彻闲游的浮尘
不可言说的秘密藏匿在翩跹的晚霞

想把这夏日拆成两半
一半是炙热的火焰，一半是薄凉的月华
想给来路上的秋天赋予两个命题
一个是人间的烟火，一个是梦里的江山

那一年的那个夏夜

那一年的那个夏夜
我们疯狂地号叫
喝很便宜的劣质白酒
用五音不全的嗓子
唱与毕业主题有关和无关的歌

那一年的那个夏夜
我们在不平整的操场上流泪
并且试图不让月亮看见
每个人都互道珍重，却都明白
青春的盛宴就此提前散场

那一年的那个夏夜
寝室里的灯光依然准点熄灭
谁能料到这一熄竟再未重启
当我们回忆起那一年的那个夏夜时
额头上都泛起了盐碱般的光辉

立秋

横店八面山顶，云淡风轻
三万年前火山喷发的历史
在我足下呼啸而来

现在它不发声，树木葱茏
我看见在地底被挤压的泉水自下而上
那是它对现世的表达

曾经仗剑走天涯，激情澎湃
曾经翻山又越岭，空谷独吟
曾经豪饮无数杯，醉拥江山

今日立秋，而秋后的瓜果味道渐淡
就像秋虫小唱，单旋律的循环
无节制的高音昭示着漫漫的虚无

我将下撤山底，与热度渐低的风对话

我将目击晚霞，研究她绚烂之美的成因

我将不祈朝晖，照亮我这痴迷宁静的人

许多往事不容复制，但可被时间融化

凡间生命葳蕤，逐梦者子夜将归

再见时你在哪里？眸子里是否有璀璨星光

夏天的休止符

暑热有条不紊地退却
风抓紧时间吮吸草茎绿色的血浆

被收割的玉米再次被悬挂于屋檐
今年它饱满的故事如从前一样

棉花在地里的歌唱升高了八度
采棉姑娘的目光与白云齐平

夏天的休止符就要画上了吗
归雁的翅膀会扑打出怎样的乡愁

日子欢喜，金盏菊为我捧出一掌清凉
第一场秋雨啊，请勿润湿我午夜的梦境

初秋

好像有潺潺的水声
但又不见溪流

山影愈发的模糊
月亮却愈发的皎洁

草丛中似乎有什么在撕扯
洞察真相的落叶保持着缄默

暑气的残余部队边打边撤
一直撤到初秋的悬崖

我也是从一道悬崖上翻越而来
露水正把我的余生缓缓打湿

秋夜的星空下

听月亮的声音
身旁必须有翠绿的芭蕉
让宽阔的叶片印证诚心

听大海的声音
身旁必须有浅墨色的礁石
它斑驳的肌肤起伏着沧桑

听故土的声音
身旁必须有棉质的方巾
柔软地吸纳游子的泪花

听秋天的声音
身旁必须有一缕丝绦
轻轻系紧红叶的喧哗

风吹麦浪，雁鸣由远而近

秋夜的星空下

请善待我笨拙又慌乱的情歌

九月了

九月了，一阵奇异的味道
由远及近

我必须离开
我听到了风的蹬音

我以为可以让很多人相信
只要跋涉就会有抵达

我无法解释有一种跋涉中的停顿
竟耗用了人一生的光阴

谁的手驾驭住了命运闪电般的缰绳
谁在河边等待漫卷而至的霞光

我看见了第一片黄叶的旋舞

笃信美好仍将不期而遇，纵然凉意渐浓

九月了，晚熟的浆果也已成形

高悬的明月敞向一双双凝望的眸子

这个十月

这是我一年中感觉最好的日子
寒凉日甚一日
把残存的暖意吹向远方以远
晚稻熟了，它以弯腰的姿势
复盘起分蘖、扬花、抽穗的过程
连白鹭也不回避我
友好地将我当作同类

不止于有幽香暗袭的丹桂
十三年前，我种下的柚子
也在这个十月给了我一树的惊喜
阳光敲打山峦的声音宛如重金属
银杏金黄，红尘滚滚
假如世界还将处处露出破绽
入冬后的大雪也会让它圆满

冬至

南方的雪下得写意又精致
那些迟疑不决的枯叶
终于顺势飘落

市声没有了往日的沸腾
回家的路上
总有负重的背影让雨燕哽咽

河水不轻易结冰
遗落在田野上的谷粒依然饱满
它们细碎的心事天空能懂

今年的冬至比往昔沉重
我还是觉得人间值得
还想与地下的根系重新谋篇布局

大雪将至

大雪将至。夏日里的精心策划
终于在寒风一阵紧似一阵中变现

草木无言，它们习惯了季节的冷暖
云层变厚时，它们把根往土里扎得更深

河床浅了，垂钓者看见了鱼眼中的迷惘
岸边的芦苇放大了冬天的轮廓

欲言又止，枝头那尚未坠落的红柿子
把小小的红灯笼举向谁看

大雪将至。我积攒了多年的爱与忧伤
是否会被厚实的雪覆盖住连绵沟壑

冬夜的雪

这一个冬夜

太多人心事重重

雪恰到好处地落了下来

它的纷纷扬扬

遮住了倚窗者眸子里的迷茫

纷纷扬扬的雪终将消融

草木葳蕤的季节

或许就在今夜启程

世事沧桑，天地玄黄

寒梅跳出的殷红弥漫起人间的暖

第二辑　岁月

黎明已至

总是在午夜里
星光透过薄薄的窗帘
照见排遣不尽的孤独

总是在风离去后
枝头上最后一朵花
被动地悬挂寂寞

一群马走向草原深处
辽远的地方
等待着它们的狂欢

一群人消散在道路尽头
当暴雪扑面而来
谁还怀揣着曾经的初心

黎明已至，旭日喷薄

多么美好啊，我何德何能

竟然可与轮回的万物同时生长

赞美

旭日喷薄而出的时候
晨露在草尖发出淡淡的体香

朝霞甩动十万匹红绸
山坡上的茶树内心的喜悦狂奔

薄雾迅速散去，仿佛不曾现身
起伏的丘陵此刻开始起伏绿色的欢欣

有谁还在沉湎昨夜的梦境
有谁会让心潮仍平静无波

清澈的、簇新的、明亮的早晨啊
美好的人眸子里涌动起温暖的光

黄昏时升起的星

它在夕阳尚未西沉时升起
它的勇气惊落了一树繁花

黄昏因此破碎，归鸟把翅翼扑得更响
风在河面上轻抚游弋的鱼群

而夜幕就此降临，毫无征兆
它愈发的明亮，让夜开启了歌喉

我是何等卑微，哪里有它那般的光辉
席地坐于草丛，满腹都是职场的厮杀

晨曦初露的时候，它终将消隐苍穹
它是否带走人世的苦和失眠者眸子里的忧伤

那天的傍晚

那天的傍晚，与往常并无不同
那天的傍晚，霞晖是按时收工

那天的傍晚，风穿过人行道找到我
告诉我搁浅的鱼、不飞的鸟、凋谢的花

那天的傍晚，河水静静地流淌
纷繁芜杂的尘世中我看见了星星的光

星星们知道我忙碌而卑微的人生
知道我一直爱着黎明和草木、河流与山川

我是如此的幸运，星光用柔软的手指
在薄凉的尘世里，温存着我疲惫的双肩

晚霞隐退后

晚霞隐退后谁也不知道她的去向
夜幕把她所有的可能都悉数掩盖

我从不打探晚霞的归宿
正如同河流从不拒绝前方曲折的河道

我与晚霞都有不同的未来
彼此都有相异的命运

风起了，吹来一阵陈旧的回声
风起了，曾经旖旎的梦境惊落一地

明日晨曦中的廊桥可会相遇故人
廊桥下石阶的青苔是否又厚了几分

暗夜

有些誓言是很轻的
风一吹就无影无踪

有些承诺是暗夜里的推手
把承诺者推向遥不可及的天边

在荒野中独行久了
我已习惯了地远天高

昼短夜长，星星点灯
我已消失于迷蒙的风尘

月夜

月亮从树梢上升起来

悬停在天空

她那硕大的眸子

注视大地每一处诗意起伏的地方

她皎洁的光芒

穿透了多少游子的心房

这个宁静的月夜

用爱意驱逐了我隐匿的忧伤

我被温情包围在夜中央

绵延的思念飘向了遥远的故乡

借着微凉的风

将万丈红尘轻拂一遍

悄悄舍弃喧嚣的纷争
只留下人间的暖

内心如果不荒芜了
金黄的收成就会接踵而至

以盈盈的笑容去拥抱未来
世界会馈赠我们美丽的花冠

只留下爱

忘掉过往的时光

新鲜的雨浸泡不出岁月的骊歌

忘掉随风而去的跫音

春天的罅隙里会长出探首未来的枝丫

忘掉昨夜沦陷的月光

拂晓的白霜更钟情袅袅的炊烟

忘掉四月里旋落的樱花

赶路的人背不动太多的忧伤

只留下爱，像鸟一样用羽毛抱紧自己

栖息或者飞翔

烟火

有时烈焰熊熊，有时明明灭灭
她的燃烧或余烬都关联着温度

彤红的杜鹃，饱满得要炸裂的石榴
也是她的模样

苍穹下烽燧的青烟
是她传递给江山的丰富信息

你甚至不能忽视她有时候的微弱
那时的她也许正蓄积洪荒般的力量

她漫天飞舞，她袅袅轻飏
她以令人震颤的方式歌唱

天地多么辽阔，生活如此绚烂

她却钟情于揭穿人间的谎言

在生存与死亡的命题下

她耐心地目击时间的坍塌

这就是我在潮湿的雨季里

想起她便热泪盈眶的原因

我怎能不赞美她

永恒与瞬间中闪耀的神秘生命

雨季里的鸟

我知道你已飞过辽阔的天空
从雪山到草原，从丘陵到江河
为了曾经的承诺，为了啼血的誓言

而我也一直守望你的出发和归来
如同朝露，以普世之心
让润泽去实现润泽

漫长的雨季来临，仿佛没有尽头
爱的翅膀总是那么湿漉漉的沉重
雨幕中我们看到了天堂之门

暴雨之夜

暴雨疯狂地发泄淫威

我出奇的平静

我的内心已种满花朵

它们与我一同觉醒

我与它们约定

等今夜的暴雨再也无力咆哮后

我们一定要在清新的早晨

刚劲有力地绽放

我们一定要让阳光照耀全身

让过往所有混沌与晦暗的岁月

都变得明亮

突如其来的暴雨

突如其来的暴雨
把许多景观摧残得触目惊心

一群人在暴雨中艰难行走
无处可避的他们只能如此

暴雨过后的大地一片狼藉
暴雨过后的江山秩序重排

而暴雨无法目睹大地的生机重现
无法看到江山的容颜劫后愈发姣妍

我就是曾经在暴雨中行走的人
天空放晴后，我听到了暴雨孤独的哭泣

只要一想到自己能到达的地点

收割后的麦地
让许多悠闲的白云无所事事

散落在地的麦粒
用散落的金黄追忆生长的季节

不谙世事的蝉
每一声鸣叫都献给了天空的蔚蓝

蝉并不知道它的歌声
意味着衰老的临近

燥热下，有的花瓣垂落
有的枝叶仍倔强地舒展

我是已散去的众多刈麦者之一

谷仓的丰满让我恍惚起走过的四季

空旷的麦地露出了时间的破绽
沟渠的水流逝，有影无形

我该起身了
朝着另一片未知的荒地

只要一想到自己能到达的地点
我骨头的每个关节就发出春天般的脆响

岁月的更迭

对于飞累了的鸟来说
栖息于暖巢是必然的
对于养精蓄锐了一整天的夜莺来说
在月夜里啼唱是必须的

也有江水不舍昼夜的奔流
也有花蕾选择寒风中绽放
只是有的凝眸变得冰凉
有的记忆被光阴揉皱

山野中的旧路新人不走
史册里的英雄也不会归来
我看见细雨间的小草从容依旧
在岁月的更迭中，袒露着嫩绿与枯黄

平凡的日子

早晨如此宁静
连风都不发出声响
只有我捧读的诗集
字里行间跳动着清奇的意象

昨夜的雨
打湿了桃红的梦
讲究礼仪的草丛
依然大度地把露珠献给了朝霞

居于小镇，心中澄澈
世事虽芜杂，仍可提炼出诗意
拜平凡的日子所赐
我与明月清风结成了知己

往昔在一片片回忆中闪烁又隐匿

路边石块缝隙中探出的枝叶

安抚着所有的个体生命

今晨它格外翠绿，让我喜极而泣

不再

不再沉醉于赞美
不再喜欢听颂辞

不再痴迷于花的海洋
不再热衷于盛大的排面

甚至不再接纳浓度超标的甜蜜
不再相信山呼海啸般的誓言

许多人为第一朵迎春花欢呼起来时
你悄悄返回了旷野中静静仰卧的残雪

未来已来

未来已来

我要多起早

使劲看喷薄而出的旭日

我要多问候朝露中的花蕾

要加入晨鸟的合唱团

我要让流云飘逸的身影

复写在绿色的山冈

余生不多，未来已来

我还有什么理由

不以更大的热情去拥抱

这繁芜而又烟火味浓重的人间

龙舟竞渡

这波涛汹涌的江水
沉没过多少令人扼腕长叹的故事
而一只只劈波斩浪的龙舟
激动着多少颗心灵
向着未来勇敢地出征

龙头牵引着岁月
龙尾锁定住目标
昂首挺进的龙舟啊
如出鞘的利剑
掀起了大地山川的波澜

那破空而来的鼓韵
仿佛闪电里的野马
划手们刚劲有力的手臂
如雄鹰的双翅

在阳光下写出奋楫击水的豪迈

一波未平，一波又起

这湍急中的光雨之美

绚烂并且壮阔起民族的复兴画卷

而岸边的每一声划破长空的呐喊

与划手们同频共振起最激越的追逐

我们的姿势诱导了风的方向

需要从一条跑道中
领略一种精神
需要从一朵花开里
收获一份信心
通往未来的路总是艰难曲折
只要我们奋力奔跑
满世界都会有明媚的阳光

芳草激活了我们的速度
我们奔跑在赛道上
就是奔跑在祖国坚实的胸膛
每一次富有弹性的呼吸
都让蓬勃的生命
增添了雄健的力量

奔跑！奔跑！奔跑

我们就是身背太阳的勇士

一生朝着瑰丽梦想的天空

奔跑！奔跑！奔跑

晶莹的汗珠是提纯过的诗句

我们的姿势诱导了风的方向

第三辑　草木

陌生的山坡

陌生的山坡，野花放肆地盛开
但也没能把我开成周身芬芳
它们不规则地散布着粉红明黄与淡蓝
不按常理地高举高打着花冠

陌生的山坡，用野花的乱象
折射出多少人一生的窘境
譬如被误伤被误爱被遗忘
许多泪水不曾流淌却会在风中飞

陌生的山坡，野花们都有狂野的心
它们捕猎闪电戏弄骤雨
面对它们，我渐渐平和下来
心事愈发澄明，脚步愈发铿锵

爬山虎

不要随意地蔑视它
酷热的季节里
沿着滚烫的墙壁往上攀爬
它付出了怎样的勇气和力量

我能理解一株爬山虎
在墙角里艰难的挣扎
它在卑微的角落里仰望天空
它拥抱云朵的渴望比人类更强烈

它没有度日如年的叹喟
对昨夜的冷雨还心生欢喜
它甚至很享受艰难上升的煎熬
每一片收复的失地都是幸福的礼物

这世界千疮百孔，岁月风起云涌

我能理解爬山虎手脚并用的挣扎

它用满墙的碧绿替我们掩饰难堪

它孤独里恣意绽放的爱让多少灵魂失血

雨中的玫瑰

雨忽然就不由分说地下了
她惊慌得有些不知所措
那些大如蚕豆的雨点疯狂扑打她
泥浆溅起，让她的身体狼狈不堪

她没有倒下，尽管她是如此的期待
白鹭与她同担风雨
她也没有让一片花瓣垂落
除了雨声，世界听不到她的叹息

坚韧在这个大雨滂沱的下午成为动词
她用夺目的红和个性鲜明的刺
捍卫着自己的爱与尊严
让肆虐侵欺她的冷雨落荒而逃

桂花

桂花最懂季节

它从来不让人们心慌

它最不屑于那些安居于大棚温室的花

对那些不敢栉风沐雨的花嗤之以鼻

但风总是吹向远方

心有桂香的人常常在路上奔波

桂花善解游子的愁绪

把橙黄的花瓣化成了雁鸣声声

紫荆花

我很自然的又想起了紫荆花
它在风中摇曳的样子
多像春天里盼我回家的母亲

它似乎不愿被风托举
它总是以一己之力
把霜期驱逐，把爱悬挂在枝丫

阳光是它无声的义工
默默帮助它提纯时间
让往后日子的暖意愈加提升

而它终究是以一地落红谢幕
透亮的雨水在树下流淌着
仿佛为它复写起记忆中的人间

高粱

我们必须有发达的根系

我们的秆必须粗壮

我们的果实必须是红棕色的

我们一生都喜爱温暖和光明

你奇怪我们的圆锥花序

为什么会让主轴裸露

那是因为我们对爱的表达

从来都是如此的直率

大雁高飞，小虫低吟

风吹原野，浮云舒卷

我们自带光芒的身体

在秋天金色的阳光下恣意燃烧

一粒玉米

无意中摸到一粒玉米
随手放进水杯中
我的天啦
它竟然在我的遗忘中发芽

它有因主人的怠慢而愤怒
更有因春天的回归而欣喜
那小小的淡黄色的芽
写满了太多的委屈和向往

我小心翼翼地将它移植进泥土
它回报给了我嫩绿的叶苗
它与我和解，给我灿烂的微笑
让我从此珍视起那些貌似卑微的美好

柿树的往事

略带凉意的风吹过
天空瓦蓝瓦蓝
山坡上柿树独自伫立
枝头悬挂的果实饱满而圆润

满树的柿子弥漫着清香
仿佛不在意秋天将转瞬即逝
这一刻阳光正暖着芸芸众生
我多么留恋这一刻的柔软和辽阔

我知道它经历了太多的苦难和疼痛
它酸涩的日子不堪回首
可它隐忍，在无限的寂寥中
承受住太多的无法承受之重

我必须向山坡上的柿树学习

在风霜雨雪中保持对明天的热爱

努力从骨子里冶炼出纯粹的甜

在秋天山野的交响中把往事遗忘

一棵柚子树

十三年前我种下一棵柚子树
今年它结果了
它那明黄色的皮肤
怎不惹人怜爱

我把树顶端的两个柚子留下
让悬于高处的它们
继续守护生长的愿望
继续朝着远方的理想眺望

如果有一天它们坠落
那不是它们的过错
时光不总是前行
被风雨揉皱了就会败退

今日小雪，我看到这棵柚子树

依然静静地伫立在初冬的大地上

我不去打探它内心的秘密

它也不责怪我仿佛褪色的抒情

冬青树

冬青树绝不浪得虚名
它浓得滴翠的叶子
无声地粉碎了寒风的淫威

它从不说自己历尽沧桑
以与生俱来的绿意笑对鹅毛大雪
在时光里伫立气定神闲

我承认我得到了救赎
我没有理由收拢前行的脚步
冬青树赠予我浓绿的战袍

诉说

我不明白为什么我被人们称为木头

他们一定忘记了我曾经的青春

忘记了我拔节生长直刺天空的故事

他们也忘记了我葱郁的歌声

是怎样让云雀迷失了翩飞的方向

我一直在天地晨昏间挺立着身躯

卑微但不猥琐，风也改变不了我的模样

我的枝枝叶叶都是我内心丰盈的泄露

每一圈都有珠露、花语、流岚和乡愁

我用尽一生向阳光、星辰、雨水、大地致敬

那些饱满的岁月抵达我的前世和今生

如果我最终仍被人们认定只是木头

请善待我曾经的芳华和一颗木质的初心

第四辑　怀人

父亲祭

他一直在墓地睡着
草青了又黄，黄了又青

他一直在墓地睡着
梦中梳理生前的故乡

他一直在墓地睡着
不忍心让蝉为他鸣叫得艰辛

他一直在墓地，但真的睡着了吗
他一定在心疼母亲的白发多了几根

他一定不放心纷飞的大雪
是否会铺满母亲常走的小径

山河褪色，我无力遏制

只期盼坟前的柏树挂满了星星

三十年了，思念的泪水被风干成泥

泥塑出一个我深爱的父亲

怀念

你从来都是以隐忍之心处世
那一夜你却重重地打了我几巴掌

老实巴交的你为何如此暴怒
只因我那让你忍无可忍的年少轻狂

后来我闯荡世界，每一步都步履维艰
后来你长眠青山，每一夜都与冷月相伴

父亲！如今我也当父亲多年
却越来越怀念你给我的耳光

每次长跪于你的坟前，我总是看见
枯草的草尖上凝固着你慈爱的目光

两棵柏树

我曾经下过决心不去看那两棵柏树
可每次在父亲坟前我都盯着它们出神

当年父亲入土时它们还只是稚嫩的树苗
现在它们的身躯已伟岸得如父亲的青春

我离开故乡的这些年世事更迭
它们一直在坟前陪伴我长眠的父亲

它们替父亲看日出东方看草长莺飞
告诉他春风又把赣江源头的油菜花吹开

现在那两棵柏树已成了我的兄弟
每次上坟时它们都用柏叶为我轻拂哀思

他的名字就是导航仪

——怀念吴复夏烈士

洁白的鸽子总是在王坎头至西坞村回旋
他的名字在天空中总是被鸽群呢喃

他的名字是一个被时光磨得锃亮的惊叹号
令日寇胆战心惊，令大地山川动容

他用燃烧了二十六年的生命之火
焚去了懦弱和屈辱，烤制出金刚般的气节

我知道每一个清风轻拂的夜晚
都会有歌声怀念他，如溪水般潺潺

面对他的遗像，我羞于抱怨人生的艰难
他的名字就是导航仪，让我不会迷失方向

赣江源头的怀念

你选择在秋天的子夜离开人间
一如你生前的从不张扬

你最爱在赣江源头看章贡二水汇流
看那碧波载着你的乡愁淌向远方

你常常在大榕树下徘徊
那浓密的绿荫最懂你内心的沧桑

你一直赞许我闯荡四方
尽管你很期待身边是儿孙满堂

父亲！我已在伤痕累累的人间行走多年
你的慈爱就是我力量的源泉

父亲！赣江源头的水仍是那么清澈

榕树林茂盛依旧不会有什么荒芜

我永远是你的儿子

虽然你已远去了三十年

我也终将被岁月掏空躯体

愿额头上如你那般落满了星光

海滩夜思

潮水后撤
海滩宽阔了起来
星光照亮了贝壳的秘密

这里是海峡以西的厦门
我的故乡在厦门以西
我的母亲在故乡的西边

潮水继续后撤
仿佛承认走错了领地
海滩越来越大

而我却越来越孤独
母亲在很远的地方
不知她额上的皱纹又深了几分

回家

金黄的柚子挂在树枝上
如一盏盏暖色调的灯
照亮我回家的小路

鲜活的记忆次第展开
每一幅画面都跳荡着欢快
母亲剥柚子时的眼神充满了慈爱

曾经的我意气风发
现在我只能从母亲满头的白发里
寻找久远的童年时光

青灯

夜色如墨，星星不见踪影
母亲默默地折叠我的衣衫

屋外樟树下的赣江水轻松流淌
秋虫的鸣唱竟然没有准点发声

谁也不愿率先打破此时的宁静
离别在此时仿佛是不存在的词

母亲没有问起我何日返乡
她眼角的泪花已被岁月风干

这一夜注定又是不眠
这一夜我为母亲掌起青灯

故乡的黄昏

怎不欣喜？这故乡的黄昏
脐橙在山坡上的笑容是那么灿烂
它们与斋婆柚一起
把金黄色的成熟在枝头上高挂

这样的时刻没有理由愁眉紧锁
夕晖把每条道路都抹上安宁
所有归来的人眼睛都望向炊烟
跃上天幕的星星闪烁起快乐的光芒

仍有泪眼婆娑，那是年迈的母亲
我就在她面前，她以为我还浪迹他乡
桌上饭菜飘香，红辣椒跳荡爱的火焰
久未释怀的惆怅即将被晚风清零

散场之后

散场之后

我走向戏台

主角配角已不见踪影

不起眼的小道具已被遗弃

锣鼓声悬停于台上

低婉和高亢的唱腔余音绕梁

我看见自己的身影

任星光斜照成一堆落叶

这戏台缤纷过多少故事

红袖与青衫舞动了多少孽缘和情债

愿景一一隐入尘烟

戏台是最好的托付

散场之后，谁的内心逼仄

寂静的戏台洒满了冷月的清辉

输液厅手记

此刻的天空何其瓦蓝
白云有事没事都飘来飘去

我与太多人不遗余力地礼赞它们
但现实是我的手上正挂着点滴

那些透明的液体进入了我的血管
即将发起一场无声的战争

天空在输液厅的窗外微笑
我在默数下一个春天的归期

周末诗会

一群有趣的灵魂相聚在周末之夜
他们朗诵着历经劫难后走来的春天

他们刚从疫疾的泥淖中挣扎出来
用意象清奇的诗行抚慰过往的时光

我看见他们的朗诵透出了温暖的光泽
那些不堪回首的日子踉跄着躲于一边

星星兴奋地闪烁，风使劲地涂抹世界
大地山川在他们的吟哦中换上了春装

他们并非遗忘了刻骨铭心的苦痛
只是呼唤让此后的万物长得更欢

公园即景

云朵不知去何处做客
梧桐树上的鸟默不作声

长者在长椅上小憩
报纸有他微弱的体温

拾荒者清点着收获
打陀螺的人鞭声划破天空

广场舞的阵容愈发壮观
谁不追忆逝去的青春

疼痛与欢愉在静谧与喧嚣中起伏
温暖的光芒被和煦的风缓缓铺开

白露之思

你竟然一次又一次容忍了
我的调皮、我的不安分
只因我每次交出的作业
都让你欣喜，让你眸子里
闪耀出朝霞与星辉的流韵

你竟然一次又一次宽恕了
我的远行，我的无音讯
只因你相信赣五中初一（八）班的学生
只要双脚一直在大地上行走
就会拥有旖旎的风景

今日白露，暑气节节败退
雪白的芦花与绯红的石榴对唱
老师，我不会告诉你的
四十七年来，我从未停止对你的怀想

胡郁芬，胡郁芬，这是我心中最美的汉字

今日白露，天地之间是秋日的盛宴

万物在时令的指引下成就自己

饱满的金黄正被风从远方送来

天空越来越蓝，蓝得让我就要落泪

亲爱的老师，请你让天空不要再蓝了

百家岭小学忆旧

这所学校早已面目一新
校名也被更改为一所新的学校
但我依稀觉得高贵的灵魂还在
当年的老师那几个脆响的名字
都迎面走来，他们孤傲而美丽的光芒
在绿色的风中摇曳

每次返乡探亲我总是要来到这所学校
总是要在校门口寻找当年的教室
就像记忆中的鸟鸣
能够让我回忆起老师的容颜
就像上课或下课的钟声
让同学们的心退潮或涨潮

时间在我的伫立中慢了下来
许多俏皮的动词乘机一拥而上

少时的记忆撞击出令人怅然的从前

黑板和粉笔，讲台和课桌

是否还在生动描述那些年的我们

稚气而又可爱，懵懂甚至荒唐

如今我已步入人生的秋天

已能坦然面对天空的苍茫

当年的课堂埋伏下了我的命运

穿越尘世如同穿越草木的一世一生

我愿捏一把春秋，静静品味它的酸楚

与往后的每一个日子深情拥吻

冷月

看望我的老友们一一离去
故乡的月亮重新泡进了我的茶杯

他们跟我聊了童年的趣事
聊了谁离异、早逝、晋升和落入铁窗

他们没问我这些年如何送走一片片光阴
我庆幸心底的伤痕未像文物般考古发掘

窗外的河水似乎比过去瘦削
迷离的灯火花一样在镂空的灵魂中绽开

故乡啊，游子的我满面沧桑逃不过你的明眸
你用悬空的清辉涂抹去我古井般的忧伤

老退休女工纪事

她是个年已九旬的老母亲

她已退休了四十年

每次跟她聊天

她都会说起从前她那国有工厂里的事情

她常常念叨着那个叫“车木老陈”的家事

念叨着那个叫吴玉英的女儿的婚嫁

那个谁谁谁已经走了很多年

那个谁谁谁去了敬老院

那个谁谁谁摔了一跤至今坐在轮椅上

她总是说自己命好自己最有福气

上个月退休金又加了一百三十二块五毛

她总是以同情的口吻说那个罗木林

那个罗木林现在就是王小二过年

一年真的不如一年

而当年的罗木林是如何瞧不起她家

她还常常感叹隔壁的隔壁

那人家里出了一件又一件不好的事情

隔壁的隔壁的女人动不动伤心哭泣

她也不时地陪着抹眼泪

好像把人家的悲欢也经历了一遍又一遍

收废品的河南汉子

我多次见过这个河南口音的汉子
我还知道他已数次加固了他的收货车

每次他洪亮的声音在小区里响起
就有住户的目光欣喜地锁定了他

他收旧纸板、废报纸、弃用的各类家电
他收旧衣被、废家具、弃用的锅碗瓢盆

当九成新的衣服轻飘飘扔在他脚下
当根本没开拆的月饼礼盒堆上了他的收货车

这个河南口音浓重的汉子瞬间没了笑容
他转过身去使劲强忍着就要绽放的泪花

我不知道

从前这里是沃野良田
阡陌深处是成排的树林

现在这里的楼房鳞次栉比
阳光费尽周折也只能斜斜洒落

车前草鱼腥草马齿苋不时从墙角冒出
它们苦苦寻觅曾经地头田间的春天

偶有白鹭飞过，却不敢盘桓于此
它们再也闻不到熟悉的清芬

万物之灵还在铺排未来的花团锦簇
新开发的楼盘是否还能迎来布谷鸟的歌声

墓地

一座座坟茔组成了墓地
对于逝去的人
阳光、月光、星光其实都属多余

我们在坟茔前烧纸焚香献花
甚至洒上酒，既是祭奠
更是为自己活下去找出理由

过往是故事也是序章
我们只是未来的一段篇幅很短的情节
终究被风的手指轻轻翻过

第五辑　故土

风的柔和让我慌张

回到故乡，风的柔和让我慌张
红土地让杜鹃花红透了半边天

楼房又长高了，道路更加陌生
只有一轮明月仍眷顾晚归的羊倌

有人认出了我，有人与我擦肩
内心的隐痛与惆怅恰如赣江的波涛

方言依然亲切，大榕树也是
它垂落于地的气根拽出了我的泪花

我的三十年远足，或是盼枯木逢春
翅膀倦了的雨燕不想在云朵中栖身

曾经的童年伙伴，有的已长眠山间
光阴已然走远，我是否还要浪迹他乡

过贡江

过了贡江特大桥
故乡就呼啸着扑上来
那些斋婆柚那些赣南脐橙
都从枝头上发出金黄的欢呼
晒场上的红辣椒和大板萝卜
以一红一白的方式
争论着土地的性格
大灰鹅从容地从成串的腊肉前走过
麻雀们则在田野中
捕捉到许多收割后残存的秘密
风可以是这么重或这么轻地吹
把浓郁的南赣乡音
从镂空的木质窗棂拽出
挂在古榕的树冠
而我心心念念的亲人
都在一瞬间生动浮现
已故的长者隐于红褐色的山冈
只有金边瑞香听得懂他们的发声

红旗大道之忆

绵延五公里的香樟树林荫道
夜夜披着星月的光辉

我们不知疲倦地来回走着
心里都期待这路还能更长

浓密的枝叶随风摇曳
它们听得懂青春的心跳

时光晃过了逶迤群山
岁月的卷轴缓缓收拢

我已渐渐学会了舍弃一些事物
只钟情于纯净的空气、水和简单的食物

多年后再次走过故乡的红旗大道

我忍不住深深嗅了它们的香气

它们是否还记得有一双人影
用斑驳的月光写下滚烫的诺言

茂盛葳蕤的香樟树啊
新叶层出不穷呵护树下走过的人

世界疾速变幻，人们措手不及
我不能接受的是假如这条林荫道消失

赣江源头

章水与贡水心照不宣

如同相爱太久

终于汇流成了赣江

大榕树目睹了这场旷世绝恋

它悬浮于空中的气根

为缓缓流淌的赣江祈福

江水滔滔，没入无声的苍茫

波涛之上撒网的渔民

归航时肩上披满了夕晖

清风阵阵，夏日正在卸掉浓妆

被故乡的柔情簇拥着的我

眸子里涌出温热的泪花

赣江源头夜思

此夜，章江携起贡江的波涛
向又一个日子告别

此夜，章贡两江以赣江的名义
向又一个黎明出发

它们每天如此，甘于重复
它们的乐此不疲映衬出了我的平庸

我希望它们成为我身体内的动脉
永远奔流四季的冷暖、种子与果实

江水流逝，星光擦拭着波涛
我余生的诗行或许在流水中脱颖而出

八境台下

八境台下的蝉鸣声
热烈得让云朵都忘了飘飞

蝉鸣声发自于茂密的榕树林
赣江边的白鹭被蝉鸣声灌醉

这是今年夏天最战栗的音乐
每一个音符都扑入客家人的心扉

我看见客家先民南迁纪念坛前
静卧着一束美丽的花

如果能用这束花拂拭逝去的日子
如果能让蝉鸣修复游子内心的惆怅

栖息于客家人眸子上的清风明月啊
是不是会有更多的怡然和芬芳

怀念辛弃疾

再登赣州郁孤台
三十五度的气温变成了热气蒸腾的词语
消弭了我和你所有游客的关系
也消弭了望阙台、城墙与十八滩造口的关系

走遍古城墙，只有《菩萨蛮》的声音
如同清江水的波涛，那些
翻卷的心浪，壮烈的鼓点，悲愤的胡笳
那个说话豪放的人，心中的呜咽谁能听见

他在天地间勇敢淬剑
为他身后的岁月繁茂正气
而清江之上的浮桥紧贴万顷波涛
一头离岸，一头乱云飞渡

可是危岸陡峭，难于抵近泊舟

涌金门、建春门，一座座城门让英雄垂泪

江水的倒影悠悠，而青山终于遮不住真相

昨夜的星辰比我更接近他眸子里的忧伤

赣州通天岩

它需要赭红的丹霞地貌
需要用沉稳中潜伏着的热烈色彩
把亿万斯年的大地变迁缓缓描述

它需要阵阵林涛的呼号
需要在无边的绿意中
为苍穹下卑微的生命纵情歌唱

它需要神采飞扬的石龛造像
需要尽透风骨的摩崖题刻
让大唐以来的华夏气象壮丽依旧

它需要苏东坡、阳孝本在这里秉烛夜话
需要王阳明领读起来的琅琅书声
像一泓甘泉洗濯令人皱眉的陈词滥调

我是一个浪迹他乡几十年的游子
通天岩连同忘归岩翠微岩龙虎岩养心岩
一直是我的心学圣地

庸常如我，绝无通天大志和本事
我只需要喝喝小酒，醉卧石床之上
任月光轻轻覆盖住我余生的梦境

赣州的榕树

第一个在赣州种下榕树的人是谁
这已无从可考，他一定不会想到
多少年之后这座城市会因榕树而名扬四方

随处可见的榕树令赣州随时舞姿翩翩
仿佛一座城市的历史越是悠久
就愈发拥有魅惑的舞姿

两千多年的史书厚重得如同大山
榕树林斑斑驳驳的叶影
让赣州古城于千年流盼中焕发青春

想起太纷繁的岁月风云
想起此起彼伏的暮鼓晨钟
只有长年滴翠的榕树串起昔我往矣

逝去与重生都是历史的车辙

匆忙与闲适都是心像的映画

且任世事变幻，且像榕树执拗地把根扎深

夫妻榕

它们相距咫尺

却只能在云端十指紧扣

它们凝视千年

却始终不能深情相拥

世上还有什么样的爱

会如此艰难和沉重

章江水日夜流淌

杨仙岭绿色无边

在光明的空无里

它们的心跳让白鹭落泪

新叶簇拥着岁岁年年

人间复写着喜乐和哀怨

一阵清风拂过，我看见它们
会心地同时啜饮起又一个黄昏

晨风微醺

晨风微醺，赣州在黎明中醒来
古榕撑开了巨大的绿伞
所有的草木都迎着朝阳列队
花朵们开始了新一天的灼灼其华

章江大道临水的广场上
广场舞者舞动起一片中国红
晨泳的人在江水里劈波斩浪
他们的肤色让水鸟也为之着迷

道路、桥梁、楼宇的流线
勾勒起这座城市的勃勃生机
特色浓郁的客家早餐氤氲着生活的安定
欢乐的市民都有相同的幸福

在眺望与呼吸的间隙里

在畅想与期冀的共鸣中

从血和火的峥嵘岁月走来的客家人

心向暖阳，不断激活美好日子的密码

车过全南县城桃江

阳光下，车过全南县城的桃江
它穿城而下，水流并不湍急

它让江面上的几座桥梁汗颜
江边簌簌的落叶是它不想带走的行装

我要沿江去寻觅深山里的客家围屋
那古堡般的深宅有令我痴迷的故事

桃江水似乎懂我的心思
它的碧波和应着我车轮的节拍

半生已过，归来与出发只是词语的转换
桃江在这，围屋在那，我的惆怅彼长此消

在潋江书院

叩开一扇古旧的木门
书院的青苔瞬间又厚了一分

书案还在，桌椅也还齐整
琅琅书声却已飘逝在风中

古梅的芬芳也远了
青墙灰瓦下垂落着榕树的气根

守院人来回踱着方步
我欲言又止，禁不住有些哽咽

院外的农贸市场人声鼎沸
静影沉璧的是百米开外的潋江

雅溪

风为什么要反复摩擦着雅溪村

风在摩擦雅溪村时为什么是绿色的

就像竹林的沙沙声

可以让虫鸣和犬吠形成交响

就像围屋的炊烟

看见游子归来后禁不住战栗

风摩擦雅溪村已有千年

围屋的故事由翘角飞檐写向天空

雅溪水最耐受风的摩擦

它的汩汩流淌让你追寻起古村落的痕迹

我从全南县城行至龙源坝

风在摩擦雅溪村时也摩擦起了我

而我只是一个写字的人

我写的文字在静谧的雅溪村中多么无趣

车过龙源坝

有微风掠过，但树梢不作回应
有灰雀飞去，但青山总是不语

或许这就是龙源坝的个性
或许寂静也不能涵盖它的全部

我看见暮春时节秧田里跳荡着绿色的火焰
那婀娜多姿的嫩苗不久将要抽出枝蔓

客家围屋前的板栗树欲言又止
蜿蜒而来的溪水又在策划新的往事

这是葳蕤的五月，草木的歌声窜遍山峦
我来过，我离去，龙源坝不会有我的踪迹

走进赣南

走进赣南就是走进火红的年代
走进赣南就是溯源信仰的原点

瑞金、于都、兴国、宁都、寻乌、石城、大余
一首首史诗由烽火岁月磨砺

红是赣南最激动心旌的颜色
红色血统滋养出赣南人的铮铮铁骨

血色大地沉淀着共和国摇篮蝶变的奥义
赣南的红色诗典为我们的精神补钙

抚摸着巍峨的英烈纪念碑
我们疼痛切肤，肃然起敬

纵然无法追随红军二万五千里长征

但可以扬帆奋楫为热土重置春秋

镰刀和锤头组成的旗帜猎猎飘扬
点亮我们的心灯，护卫我们新的跨越

在赣南吸食了世上最丰富的营养
我们有足够的底气启程新的万水千山

故乡赤色的土地

我的故乡，一望无际的赤色土地
如无数支点燃的火把
把多少迷惘的心灵照亮

我的故乡，赤色土地上生长的植物
总是把满目的生机举得高高
为先辈魂灵的归路布满绿意

我的故乡，赤色土地浸润了太多的鲜血
让一代代后人的身躯因此强壮
目光聚集起永恒的信念

我的故乡，赤色的土地最适合阳光铺洒
每当我渴望摆脱疼痛或者悲伤的时候
就会不由自主地眺望故乡的方向

瑞金抒怀

锤头、镰刀与钢枪在这里实现了完美组合
红色的旗语震碎了旧时代的夜空

历经铁砧锻造和淬火磨砺的杰出群体
在二万五千里长征路上走出了壮美的风景

只有真汉子无惧千山鸟飞绝的困境
只有真英雄敢直抵光亮的最高处

滚烫的生命来自火焰般喷薄的血性
盛大的春天起源于令黑暗臣服的信念

红色是瑞金大地最美的修辞
沙洲坝、叶坪的大樟树下集聚着恢宏的气象

让我再次畅饮清冽甘甜的红井水
在浩瀚的韶华中不断校正跋涉的方向

瑞金红军标语

质朴无华的语言
刚劲有力的笔迹
红军标语有比朝霞更灿烂的光芒
照亮苏维埃每一寸土地

八角帽上的红星
与红军标语一起滋养共和国的摇篮
每一棵香樟树下
都聚集了敢教日月换新天的勇士

瑞金红军标语似历史的掌纹
清晰地舒展开岁月的峥嵘
信仰的力量如猎猎红旗
在苍穹下昭示生命不屈的魂魄

沙洲坝的樟树林

瑞金沙洲坝的樟树林
宛如一片绿色的云

为什么苏维埃深得工农大众的心
你去问一问沙洲坝的樟树林

这里的红壤土并不是沉默的
一直跳动着火焰般的音符

樟树林并不是沉默的
碧绿的林涛大声呼唤烈士的英灵

风掠过沙洲坝的时候
从不忘记向樟树林脱帽致敬

我流连于沙洲坝的时候

在樟树林中的脚步放到最轻

樟树林里有三十万长征的红军眼睛
目光里布满了对我血色的叮咛

在青铜雕像前

宁都，中央苏区反围剿战争纪念馆大厅
在沉默的巨大青铜雕像前
我不敢说半句话
我怕惊扰了他们

其实谁也惊扰不了他们
再肆虐的狂风也移动不了他们
也移动不了凝重的峥嵘岁月
移动不了红土地上崛起的巍巍丰碑

当年他们扛起的军旗已灿若朝霞
他们吹响的冲锋号已变成雄壮的国歌
他们在反围剿中所有的浴血坚持
都化为辽阔大地上热烈绽放的映山红

种子一经破土，就无法阻碍它的生长

青烟一旦散去，胜利的本色就格外鲜明

致敬先辈，并请赐予我雄浑的力量

让我未来的生命依然有丰茂的葱葱茏茏

石城阻击战

他们用宽厚的肩膀扛起了
中央机关和主力红军集结与转移的重任
他们构筑起三道坚固的防线
英勇阻击了十万之众强敌的疯狂进攻

血色的较量弥漫着不可更改的悲壮
有血与火的洗礼才有彪炳史册的气概
石城的山水永远在唱 1934 年秋天的长歌
壮烈牺牲的将士们被后辈终其一生仰望

近九十年了，石城阻击战如一部厚重之书
成为我们不可或缺的一种力量
它是暗夜里熊熊燃烧的篝火
把苍茫混沌的世界照得一片透亮

那一刻的梅岭古驿道

那一刻的梅岭古驿道
风是出奇的静止
有轻云在青山之上若有若无地流动

那一刻的梅关
雄踞于梅岭古驿道的最高处
威严而又静寂

游客们鱼贯进出这道南粤雄关
所有的交谈声都不约而同的
如草叶般细碎

伫立于梅关的峭壁一侧
我以强烈的期待和虔诚
朝关隘的两边张望

张九龄、苏东坡、辛弃疾、陈毅
他们都从这里走过
身后的岁月风起云涌

他们还会重返这里吗
那一刻的梅岭古驿道沉默不语
满山梅花绽放的季节已在来路

第六辑　乡野

小村

就喜欢这个村庄的小

喜欢它的无名、自在和安宁

这里的炊烟适合自愈

田间地头的野花适合疗伤

鸟鸣不只在瓦蓝的天空

也留在石缝中，留在溪水边

村口的石桥连通起古今

大香樟树的诉说让稻草人也动情

正午时禾苗摇曳生姿，入夜后星星点灯

风吹走了村民间原本不多的纷争

受污的灵魂可以在这里涤荡

挂着朝露的菖蒲为流放的岁月招魂

多么美好啊，请勿再问起我的年龄

我要去骑马吹横笛了，趁着酒劲上来了几分

小村笔记

这个只有十多户人家的自然村
似老友般静静地迎来我的踏访

这里的炊烟比云杉还直
风吹不乱山谷上空的白云

连菜地里的番茄也是矜持的
诉说给豆角的情话都是青里透红

溪水从村口的香樟树下流过
牧归的老牛习惯性地张望了夕阳

这个小村是否有什么要寄予于我
也许仅是一滴朝露或一声蝉鸣

如果我栖居于此

我门前石阶的草是否会疯长

如果我终老于此

我屋檐上的白霜能挺过几度春秋

我爱这个宁静的小村庄

我爱听入夜后它的蛙声

我爱一切宁静中的美

闹腾半生的我消费不起余下的喧嚣

田垄下

没有任何理由对田垄失望
如果你不相信草木的力量

田垄下，草木们执拗地生长
与田垄共同呵护筑梦空间

风啊雨啊冰雹啊雷电啊
丝毫不能妨碍它们的节奏

阳光和星月是草木的伙伴
每一个夜与昼它们都在浅吟低唱

亲近田垄吧！能让我们枯萎的心返青的
就是田垄下郁郁葱葱的草木

麦收即景

一台又一台联合收割机开进了麦田
麦田如海，联合收割机在麦海上扬帆

我怎能不激动！我的乡亲们
握着已不再用的镰刀朝联合收割机挥动

现在，我们可以正大光明地喜悦
被我们深爱着的麦穗露出了饱满的微笑

看啊，无穷无尽的麦浪翻滚起多少词语
每一个词语都穿上了金黄的衣裳

而阳光也尽情地与云朵互诉衷肠
它们对天空下弥漫着的成熟气息喜闻乐见

田垄边的母亲

寒意未褪的初春里草拟出的构思
此刻全都拥有了完整的章节

盛夏是勤劳的鼓手
一直激励着果实的成熟

现在，太繁盛的收获如接天莲叶
秋歌此起彼伏，大地满脸喜悦

我的母亲在不起眼的田垄边
默数着不多的不够饱满的豆荚

她是多么遗憾啊，每年总有几棵作物
没有完美地诠释秋天的含义

晒毛豆的老汉

一个老汉在蔡宅村晒场上翻晒毛豆
太阳明晃晃，老汉额头上的汗珠闪着光

其实他晒的是太阳
毛豆只是一种道具或陪衬

老汉一直是用锄头来赞美土地
水、肥料和杂草是他的朋友圈

没有人来帮他干农活
老伴已年迈，儿女们远在天边

整个村庄一天比一天寂静
一幢幢老宅的翘角飞檐挂满了期盼

乡野冬歌

乡野的寂静其实是一种表象
那些遗落于地上的谷粒和草籽
都被风秘密集合在一起
召开一个农业深处的会议

它们在等待一场纷纷扬扬的大雪
视雪情做出比往年更庄严的决定
田垄显然预感到比村戏更热闹的事将至
它的土腥味像炊烟般弥漫

与粮仓一样美丽的干草垛
挺起结实的身躯迎迓牛羊的注目
腊月的跫音一天天近了
母亲的蓝印花围裙多了几分祥光

那一年的农历小雪

一直想忘了那一年的农历小雪
却在试图遗忘的挣扎中陷得更深

大片大片的雪花纷纷扬扬
让农历小雪的节气情何以堪

雪执拗地扑打着我的窗棂
似乎不肯让我沉迷于梦境

回到故乡的游子，眼角怎不湿润
母亲煮好的米粉氤氲着爱的浓香

雪一直在下，覆盖住万顷草木
雪一直在下，拥抱我乡愁弥漫的故乡

溪水

这世界越来越喧闹

只有山谷中的溪水静静流淌

它并不关心今日头条

只在乎水中的游鱼和岸边的芦苇

它偶尔泛起几朵细小的浪花

为了抚慰我内心的焦虑

溪水静静流淌，从不说目的地在何处

游鱼和芦苇知道它的心境

时间尽显多余，溪水的流淌声很轻

把那些虚幻的高大和豪迈轻易地击碎

望山

每天我都要望向窗外的远山
哪怕只是望一眼
也表明我不与眼下的恶俗为伍
不愿因落叶的痛苦腐烂
去抱怨阵阵寒风
我强迫自己把视线放在远山
虽然远山的轮廓时有时无
这又有什么关系
我强迫自己看最远的山
走难走的路，唱苦涩的歌
与喧嚣的世事保持礼貌的距离

山冈

深浅不一的绿正在分批撤退
山冈的心事愈发的浓重

枫树懂得时序更迭的规则
它满脸通红地褪下了裙装

松鼠困惑地目击眼前的变幻
不明白那些蚂蚁去向何方

凉风一阵紧似一阵
试图把能裹走的悉数裹走

而我站在山冈上无语凝噎
就算我夺路狂奔也追不回迅疾的半生

一瞥

这是初冬的门外
这是门外伺机袭来的寒风
这是寒风裹挟而来的落叶
这是落叶带不走的流水
流水怆然逝去
夜的眼不想看到河面上谁的眼泪翻飞

你无法否认冬天一天天的厚了起来
恰似阳光入冬后一天天的薄了一样
那些六角形的雪花开始了彩排
它们正在酝酿又一幕欢乐或者悲伤
满身疲惫归来的中年汉子啊
在熟悉的屋檐下看见陌生的自己

第七辑　婺地

不老的金华山

金华山夜雨

施光南故居

八面山

立秋日登八面山

东白山之巅的小草

不老的金华山

主峰的海拔高度正好是 1324 米
我的联想悬浮于金华山的云雾中

这座山密林成荫
松针和竹叶的苍绿
已近于狂野
瀑布与山泉的二重奏
可以淹没斑鸠的扑翅声

这座山风光奇绝
所有的沟壑与驿道
都叠印着古老的传说
双龙洞、赤松山、尖峰山彼此呼应
鹿田书院的马头墙
阻隔不了婺州举岩茶的清香

青山不老，金华山也是

虽然登上主峰的道路

比想象中更要弯曲几分

金华山夜雨

富有灵性的雨
下在这座苍翠的山中
没有惊扰松鼠的行动
也不曾划破双龙洞的冬梦

金华山呵护着自己的宁静
夜雨也是，像润湿了的丝绸
在漫漫长夜的深处
默默冷敷着失眠人焦躁的心

施光南故居

在雨中走进
在雨中追思

屋檐下的雨水
滴落了五十年的琴音

金东区源东乡东叶村
分明是一部典传的目录

那架泛黄的钢琴上
仿佛永久停留着他的余温

那棵巨大的香樟树
每到黄昏就习惯性地张望村口

他离去，他归来
村里的桃树林日夜飘荡着他的歌声

八面山

人们都说它是一座死火山
三万年前喷发完最后的熔浆

现在它伫立于横店盆地的中央
什么也不说，却又像在倾诉万语千言

而灌木和青草着迷似的在它身上疯长
不经意间覆盖住了它的秘密

我在八面山下蜗居了三十年
每一个昼夜我们都互相对视

它赐予我隐忍和坚毅，让我相信
总有一天我身上也将长满常青藤

立秋日登八面山

横店八面山顶，云淡风轻
三万年前火山喷发的历史
在我足下呼啸而来

现在它不发声，树木葱茏
我看见在地底被挤压的泉水自下而上
那是它对现世的表达

曾经仗剑走天涯，激情澎湃
曾经翻山又越岭，空谷独吟
曾经豪饮无数杯，醉拥江山

今日立秋，而秋后的瓜果味道渐淡
就像秋虫小唱，单旋律的循环
无节制的高音昭示着漫漫的虚无

我将下撤山底，与热度渐低的风对话
我将目击晚霞，研究她绚烂之美的成因
我将不祈朝晖，照亮我这痴迷宁静的人

许多往事不容复制，但可被时间融化
凡间生命葳蕤，逐梦者子夜将归
再见时你在哪里？眸子里是否有璀璨星光

东白山之巅的小草

在东白山之巅
她绿色的微笑令人心颤

海拔 1194.6 米的高度
让她足够拥有了与云朵对话的资质

她舒展身体的时候
风电的叶片旋转得更欢

如果你认为她陷入孤独
一定是对她深深地误读

那些香榧、茶树和红豆杉
是她金石不渝的朋友圈

当白鹭衔着晨曦从她头顶掠过

她眸子里是盈盈的明亮

东白山是心灵的秘境

山巅上的她一直唱着悠远的歌

东白春芽

这万亩茶园从不与天空争夺什么
在海拔一千多米的高山上
她们心无旁骛地呈现着绿意

她们一绿到底
从日出到月朗星稀
从质朴的老叶到萌化的芽尖

她们用绿的眼光看东白山
看得东白山拒绝接受
任何衰老与死亡的信息

茶农们亲昵地称她为东白春芽
这些绿色的精灵在云雾与阳光中
绿尽了东白山茶农的一生

在大爽村

大爽村让我忘了自己栖居的城市
这里的水杉喜欢与白云互动
香樟树的浓荫覆盖了五百年前的往事
楼氏树德堂、五芳堂和全忠庙
却不愿保持缄默
它们用雕梁画栋、翘角飞檐和香火
诉说着一个村庄的悲欢
鹭鸶岭古道虽已落满了岁月的风尘
却仍饶有兴致地畅想明天
柿子在几乎落光了叶片的枝条上
向山雀打着彤红的手语
那些晾晒的薯粉、板栗和吴茱萸
在秋天的阳光下怀念起露珠和溪流
而被无声的雷电击中了的我
想起奔波的一生
眼角便情不自禁地涌出泉水

古渊头

西北倚靠峋山，南面一马平川
乌竹溪把古渊头村紧紧拥抱
仿佛不舍将要远嫁的新娘

风与流水都不慌张
古朴的宅院气定神闲
四本堂、一经堂的飞檐翘角勾住了蓝天

千余年的大樟树令人骨头嘎嘎作响
往日的繁盛与荣耀沉于青瓦石墙
明清遗风已老，田野间长满了乡愁

阡陌深处，何处是来路
何处是归途？一片樟树叶飘落
平静地告诉了访客隐世难寻

西垣

晨阳照射在东阳虎鹿镇西垣村时
云霞、雾岚、露珠和鸟鸣
心照不宣地围坐过来

湿润的空气里，我恍然大悟
这个东白山区的古村落
好像永远不知道什么叫寂寞

数不清的香榧树在山野中挺立
它们秩序井然地守护着
莽莽东白山古老的梦幻

它们还用十八个月才能成熟的果实
诉说对古村落子民们的热爱
那热爱如同榧壳一样洁净而明亮

我是第一次走进西垣
这里有我的乍见之欢
有我对宁静时光无限的眷恋

我要探究和收集西垣的过往
即便它只馈赠给我了一天的光阴
也令我对它苍绿的微笑深深的感恩

夏岩村

我去东白山上采撷柔美的时光
不曾料到山下的夏岩村
给了我更多的惊喜

坞葛、徐庄、白溪、潦溪、黄西坑
那些相邻的小村伸出玉臂
把夏岩村深情地拥抱

仔细打量，用心倾听
夏岩村的田园和民居
散淡中飘逸起绿色的诗篇

我也想为夏岩村写一首诗
写它的青花菜、水蜜桃和小狗汪汪
写它的红辣椒在地里举起的小灯笼

我还想夜宿夏岩村

与质朴的村民在香樟树下温一壶老酒

缓缓啜饮余生的月光

在千祥

一年里我竟然去了那么多次千祥镇
千祥镇早已记住了我这个异乡人

在千祥，我想起曾经少年时
西明岩的芒萁草就疯狂了起来

在千祥，我惦念着回不去的青春
车慈岭的枫叶就变黄变红

在千祥，我有久远的记忆需要盛放
满目的翠竹瞬间就变成精美的竹篮

在千祥，我一说出快乐和欢喜
板栗柿子席草元胡都露出质朴的笑容

而那飘香的羊肉常常让我束手无策
我更愿成为羊，如果满坡的青草都是我的

西明岩

西明岩在东阳千祥镇隐秘的山林
山林的隐秘会传染的
以至于连风吹过这里时
都不发出张扬的声音

我们举着烛火往洞天深处探行
迎面而来的是幽深的黑暗
一种深不可测的迷茫在心间沉浮
冰冷的石壁有我看不见的神秘笑容

走出洞天，雨水不知疲倦地下着
西明岩的静谧被阴沉的天空放大
据说洞天的尽头是鸡鸣欢喧的庄园
但此刻的西明岩只沉浸于不朽的安宁

林甘村

这里是东阳千祥镇的林甘村
这里的一切记忆都始于琅琅书声

晨曦初露，钟声响过
祠堂里，抑扬顿挫的朗读惊走了梁上雨燕

古樟树林里斑驳的阳光
一直在认真地寻找古村落的前身

而溪水兀自流淌，它的拐弯处
栖息了太多质朴的寓意

那盏大红灯笼还悬挂在飞檐翘角上
一身青衫布衣的远行者啊，何时还乡

在六石镇看桃花

它们当中大部分都迟疑着开花
仿佛对我这个不速之客有所猜忌

而风很大、很冷，山冈上无鸟飞过
没有犬吠和鸡鸣，灌木被冷风刀斧

但成串成串的芽苞不谙世事
它们在枝头上占领起春天的版图

冬日不被倒叙，温暖终成主题
抑制不住的盛放与芬芳正席卷而至

我庆幸在东阳六石镇宁静的山冈上
目睹了春色狂奔前的最后一次演练

皲裂的土地因春雨而弥合出飞花令
漫漫桃红让卑微如我者驿动起缤纷的期冀

上马村札记

我为什么会来到永康市西溪镇上马村
为什么会痴迷溪水的汩汩流淌声

为什么会钦佩山上的数百棵古树
钦佩它们把骨气高高地挺向天空

以篾制手艺闻名的上马村
如今已无几个篾匠但竹林依然茂盛

晒场上的收成在享受阳光的亲抚
农家院门前的犬友善地望着我们

我不很了解上马村的前世今生
我看到的是草木的葳蕤和淡淡的炊烟

古村落的定义早已被悄悄涂改
上马村口的大樟树绵绵怀念未归的人

金竹坞

诸暨陈宅镇的金竹坞村
时间在这里睡得很香

金竹坞古道引领我向南园尖攀登
每一步都收获了藤蔓问候的目光

落叶越来越厚
它们匍匐在古道上的样子令人心疼

历史早已跑远，落叶却不追逐
龙潭瀑布与落叶互为知音

我也愿学习金竹坞古道上的落叶
不在天空中旋舞，只在泥石间安顿余生

石斑鱼

一条细小的石斑鱼
在金竹坞龙潭溪中游弋

它是那么欢快自由
毫不顾忌芒萁草的孤独

它甚至游进手指般大的石缝
仿佛宣称自己就是龙潭溪的王

都说水清则无鱼
这条细小的石斑鱼决不混迹于浊水

但它不知道溪边还有我
一个对欢快自由很敏感的人

一生都在规则中戴着镣铐跳舞
我的舞姿再美也不及石斑鱼的轻盈

武义大红岩

它所有的美
都来自一种热烈的燃烧

就连岩下的留仙湖
也以液态的方式纵情歌唱

望夫岩、拇指岩、秋风洞
与旖旎天象辉映出奇谲画卷

它采集人间的霓裳
用连绵峰石层叠出旷世万象

我惊诧于它不动声色的张扬
我心底残存的懦弱正被它抬升成丹霞

初冬的红峰村

山雀飞远，稻田空旷
石拱桥下的溪水流得比往年更慢

古银杏树面对如织的游人欲说还休
叶片在风中旋舞出金黄的天空之镜

初冬的阳光愈发写意起来
田垄里芥菜的叶脉舒展出一些秘密

这个村庄被义乌大陈镇的群山搂抱
历史的星星磷火闪烁在古驿道的石缝

不知道红峰村是否接纳浪子的我
希望它能采集到我眸子里对它的敬意

红峰村以北

再往北走，就是诸暨

再往北走，古银杏就会背转身

请风不要太冷，如果一定要吹来

不要掀起银杏树下少女的裙裾

也不要把银杏叶都吹进溪水里

清澈的水载不动厚重的乡愁

可以把我吹向古驿道的尽头

最深处的草芥与我有共同语言

我的兄弟们啊，不要为我送远

雪意渐浓了，你们该击鼓唱响玄歌

穿过黑夜长廊

今夜，我与红峰村相距有多远
所有星星都在等待我给出一个答案

我不会说出此刻我身在何处
红峰村应该知道我在朝它眺望

山高水长，初冬很快就会变成隆冬
村口的古银杏一定能等到我的朝觐

相逢恨晚，簇新的春天正被山风打着腹稿
我要献出的词语绝不限于鸟鸣新芽和朝露

万籁俱寂，星星与我都听到了彼此的心跳
穿过黑夜长廊，我与红峰村终将再次遇见

浦江麦秆扇

浦江县的一个景区出口
一群不同口音的游客选购麦秆扇

串扇、贴扇、平扇、团扇
五色扇、孔雀扇、扎花扇、石榴扇

静坐一隅的老婆婆
脸上绽放出了初春般的微笑

游客们不知道这是老婆婆的作品
她用扇子延长了麦秆的生命

只有风知晓这个绿色的秘密
麦秆扇是质朴的浦江人表达的诗意

嵩溪

我来时，烈日高照
嵩溪水在明溪和暗溪交汇处迎接我
仿佛它们一直等着我
共赴一场清凉的约会

我从绵延几里的大岭古道
看见了嵩溪水的心事
溪上的桥亭有方门和圆门
丰富的寓意随嵩溪水流向远方

而稻子即将收割，荷花开得正欢
村民们背上的汗水折射了太阳的光辉
敬畏天地神明的嵩溪人是幸福的
他们把自己也敬畏成了透明的溪水

再访嵩溪古村

又一次踏访嵩溪古村
又一次被嵩溪古村征服

明溪与暗溪是一双巧手
把村里所有的颜色调成和谐的生活

小石子路不与大石板路争宠
它们都为时间标注了移动的方向

桥亭不只收纳家长里短的词条
也爱听风声雨声和稻穗摇曳的声音

灵气的大樟树总是在深夜里密语
它粗糙的体表沉稳地散发千年的气息

褪色木窗棂下有斑斑苔藓

临水石屋把古村垒砌成线装孤本

嵩溪！且让我品饮你温热的老酒
我不求沉醉，但愿微醺

嵩溪！请收留我不再年轻的身躯
在你怀中优雅地老去，随澄澈水波悠悠

蝴蝶谷

蝴蝶扑扇着翅膀时
风忘了把去年的夏天喊来

蝴蝶在这宁静的山谷里安家
她不想在另一片红尘成为话题

蝴蝶飞过的村庄
炊烟比银杏树还直

蝴蝶的心事都起伏于草丛
草丛里散落着我们遗失的时光

在磐安

在磐安，春天的集结号由樱花吹响
燕子的翩跹更新了方向

在磐安，没有什么心事不能被樱花打开
即使如枯瘦的旧草也会透出返青的音讯

在磐安，樱花接受不了大雪的欲盖弥彰
她们澎湃的肺活量刷爆了大盘山的网页

在磐安，纵情于樱花的人自带光芒
山川如故人，思念久了就会泪流满面

在磐安，尘世的锈迹被樱花擦拭
躬耕者的身影在盛大的花期中愈发明亮

大盘山

阳光在大盘山十分写意地铺洒
所有的生命都集合于此向阳光亲近

南方红豆杉、香果树、长叶榧把眼眸染绿
金樱子、七叶一枝花的芬芳迷住了访客

金钱豹、黑麂、香狸都钟情于此
云雀、画眉、黄腹莺的翅膀扑打出欢快韵律

风不知疲倦的从这里传播出清新的信息
稠密的负氧离子构筑起葱茏的世界

绿意弥漫，大盘山在浙中隆起秀美桂冠
樱花海把行吟于磐安者的梦送上白云间

窈川的雨

大盘山怀里的窈川乡
下的雨充满了地方特色

雨声用的是有点难懂的磐安方言
每一阵雨都下得抑扬顿挫

乡民们听得懂雨说的话
知道雨后自己该去干什么

譬如去秧田里看看秧苗的长势
譬如为元胡种植基地排除积水

而我却是无用的闲人一个
陶醉于翩飞的白鹭和满山的樱花

十八涡

十八个接连不断的险涡深潭
造就了遗世而孤傲的美

最初踏入此间的采药人
谁知道他内心的狂喜和惊愕

野板栗与野香榧隔峡伫立
静寂的山中，他们成了互望的亲人

清澈的潭水落满风捎来的桃花
粗粝的古冰川何尝不是岁月的皱褶

湍急的水用韧性谱写出壮观的石涡
我目光中疾驰的虚空如尘去向不明

浙八味

白芍、白术、麦冬、玄参、元胡
它们在云雾缭绕的大盘山里自由欢歌

杭白菊、温郁金、浙贝母
再充沛的雨量也淘洗不了它们散淡的美

有时它们强悍得如同擎天的巨松
倔强地抵御风雪的侵欺

更多的时候它们像娇羞的村姑
在山野中对赤足而来的情郎望眼欲穿

它们以微甜和清苦
为沉疴者清散与调补

这是多么让人战栗的大爱
想到浙八味，我就会想起磐安人的心灵

放歌

你一定要听她们歌唱
她们一张口，整个大磐山就花雨缤纷

她们与大磐山浑厚的嗓音不同
她们清丽的歌声牵出了三月的风筝

她们不介意布谷鸟加入合唱
山路蜿蜒，探春者用她们的歌声导航

而农事在她们彩色的呼吸中铺展
阳光在雨水的缝隙中把新绿镀向田垄

峰峦绵延不绝，樱花的放歌让山河秩序重排
大磐山天空愈发宽阔，恰如这个时代的奔腾

总归是春天

总归是春天啊，樱花雨下过后
厚重的大磐山变得轻盈而飘逸

总归是春天啊，这绵延不及的明丽
将多少尘封已久的心灵重启

总归是春天啊，风吹之处
思想都芬芳了起来

总归是春天啊，摇碎轻尘的美恣肆蓬勃
穿越繁复的岁月，馥郁起往后的时光

总归是春天啊，此刻我在磐安县窈川乡
绯红和雪白的樱花在我的血管里狂欢

3 月 19 日的雨

在磐安窈川，樱花每开一次必定引发春雨
每一场春雨，都让樱花的泪在花蕊中打转

3 月 19 日的雨也是这样，我与樱花互诉悲欢
她细说她的前世今生，我勾画我的未来景象

雨水默默地拥抱我们，山冈上
粉红与雪白的感慨此起彼伏

所有的盛开与凋零都被大地赞美
为什么春色最浓时心也最疼痛

被雨水浸润过的山川，愈发姣妍
被雨水拥抱过的樱花，美得遗世独立

我热爱这世间的绽放和每一瞬间的缤纷

可我不能成为这世间我想成为的人

晶莹剔透的雨水啊，我将老去

请你想办法让樱花不要像我一样沧桑

樱花辞

淅淅沥沥的雨
淋湿了樱花的春梦

悬挂在枝上和铺落于地上的花瓣
都对世界的变幻很是困惑

她们从寒冷的季节赶来
就是为了献上盛大的花期

风制造了樱花雨
此刻却如青山般欲言又止

我也曾有过绽放的花期
如今已隐入广袤无垠的黑暗

这满地的樱花在潮湿的地上睡去
犹如步入中年后我的寡言和沉默

樱花海

在磐安，樱花绽放从不与谁商量
她们的闺密是清新的空气和苍翠的大盘山

她们也不在意雨燕的脸色
还大度地为素昧平生的野蜂呈上佳酿

她们不明白蝴蝶为何非要入夏才飞来
细长的田埂难道不是春天最佳的观礼台

我看见漫漫的樱花海席卷一片片山冈
也卷走我内心芜杂的枯草和忧伤

此刻，阳光正扫描尚无樱花笑容的地方
我与樱花约定彼此都要像山溪水般潺潺

窈川的微笑

在磐安窈川，所有的感叹都是多余
百里樱花长廊彩绸般从此舞向远方
这里的一切都自带美的属性
即使偶尔的叹息也是嫉妒造物主的神奇

依山下的大祭马凝望着木棉湖的飞瀑
川二村的敕峰尖倒映于川一村的窈溪水

而樱花根深蒂固的嫣红、粉红与雪白
在多少人心中激荡起波澜壮阔的春潮

为什么窈川的微笑如梦境般迷人
只因她有一颗翠壁丹崖里的磐安之心

高姥山上

从山的这一头到那一头
色泽深度不同的杜鹃花找到了彼此

她们惊喜、亢奋，毫无淑女的样子
漫山遍野都是她们火红的歌声

我在海拔 1220.3 米的山顶看她们
她们拒绝沉寂，花蕊绽放都有爆裂姿势

唯一能让她们敛声屏息关注的
只有风吹的方向

风能吹往哪儿呢
不就盘桓于这群山之祖、众水之源

离开高姥山，在沉沉的夜色里
我一直畅想她们黎明后更热烈的燃烧

第八辑　江南

江郎山的砾岩

走进江郎山

迷上了山中的砾岩

杏仁状玄武岩、流纹质熔结凝灰岩

脉石英胶角砾状火山岩、二长斑岩

它们在白垩纪形成

至今仍在江郎山深处哼唱着

亿万年前的歌谣

我惊讶于它们来自古远的力量

它们用无法形容的韧劲

与流水的侵蚀抗争，与命运对峙

它们从地壳裂开的瞬间喷涌而出

冷却后成了大山的雕像

如果可能，我愿站在江郎山中

与这里的砾岩一起远眺、呼号和祈福

任太阳把孤独炙烤

让风一遍遍吹走身上的锈迹

在时间之轴上凸显古老的诺言

再访廿八都古镇

苍翠的青山无语
稻垛与白墙灰瓦勾连
溪流旁的灌木
将许多老故事隐藏
数百岁的桂花树
早已老去却依然年年盛放
花香寂寞
满腹心事说与谁听
青砖墙上爬满了苔藓
石板路的空巷回荡着远去的足音
风啊，风啊，一遍遍地
唱着让人惆怅的离歌
江山如画，红颜却改
谁在静静守望
谁将归隐的夕光收藏
谁依旧秉承遗世的孤傲
谁在遥想那个名叫蝴蝶的女子
白云生处，香魂如缕

浮盖山抒怀

不要轻言浮盖山石头的怪诞
它们所有的呈现都是凶险中的绽放

它们挤挤挨挨、层层叠叠
在互相支撑中把彼此成就

我从莲花洞中探身攀岩而上
绝顶处的三叠石流云飞卷

多少行吟客掬一捧山泉
将浮盖山的万丈光辉纳于胸口

而我只是一名匆匆过客
仙霞古道不会留下我卑微的足迹

这闽浙交界处的人间秘境啊
请赐予我对抗世俗与邪恶的力量

铜钵岭

在龙游县大街乡横坑村

我们在高高的铜钵岭上捡板栗

山岭寂静，风也不愿出声

躺在地上的板栗庆幸被我们捡拾

如同孤独的说书者

迎来了一群最忠实的听众

板栗的美让我们怦然心动

整个板栗树林的美

都让我们欣喜甚至慌张

澄净的天空啊，请不要告诉云朵

中年之后的我们在寂静的铜钵岭上

与林间斑驳的阳光一起抒情

凤翔洲

已是深秋了

凤翔洲湿地依然绿意盎然

仿佛没有季节的概念

那只白鹭站在芒草旁

安静得让人惊奇

视线之内似乎没有如织的游人

晚霞在燃烧

落日的歌声划破龙游的天穹

缤纷的音符落满衢江的水面

那只白鹭终于从芒草旁飞走

对于注目它已久的我来说

它的去向成为我在龙游唯一的牵挂

溪口老街

这里有许多店铺

卖龙游发糕、油煎馃、农家豆腐乳

这里有竹篾铺、打铁铺、木艺铺和剃头铺

每个手艺人的眼睛都写满了专注

但店铺的生意

并不像对联祈愿的那般兴隆

手艺人刻满皱纹的脸

也像竹篾、铁器和木头的原型般苍老

龙游县溪口老街不说话

说话的都是三三两两的游客

如果这条老街会说话

它会说出怎样的悲欢

遂昌金矿

阳光在遂昌花园岭黄岩坑上慢了下来
翠谷金溪的万般泉声
惊动不了叶尖上的红蜻蜓

一群访客深入矿道，试图从矿脉上
追寻财富与价值的密码
让福祉从期冀变成沉甸甸的足金

而空荡荡的采掘作业面沉默不语
遗留的钢纤、风钻和运矿车
用斑驳的锈迹诉说曾经的悲欢

我虚度半生，俭朴和简单是我活着的养分
纵使此刻我的手已触摸到闪着金光的石头
心仍如矿洞里的积水潭不起微澜

安昌古镇

这里的街巷青石板和马头墙
都有线索清晰的故事
每一个商号的店铺
都厚积了慵懒的时光

摇橹声总是此起彼伏
月夜里还会伴随夜鸟的呢喃
而朝露也总是为佳人的梦境掩护
不动声色地润泽旖旎江山

我不是安昌古镇的原住民
也想把它作为余生的栖居地
做香肠，晒腊肉，精制倒笃菜
不问世事，只闻阵阵袭来的桂花暗香

皤滩古镇

白滩被永安溪冲刷后
留下了数不清捡不完的鹅卵石

也不仅仅是鹅卵石
更有龙头和龙尾的神奇传说

民居、邮局、赌坊、宗祠
早已人去楼空

垂钓者的目光在水面上游移
他钓起的更多是皤滩的千年传说

曾经的盐码头喧嚣市声不复
大樟树下掠过的轻风尚有一丝咸味

没有骨架的无骨花灯光影稀疏

针刺小孔透出了岁月的沧桑

爬满砖墙的青苔欲说还休

斑鸠飞过，让我怀想皤滩的温润与微醺

湖州漫行

霜降后，古运河穿城而过的湖州
似乎还没有心情准备过冬
纵使不少树木扬弃了叶片
桂花却在似有似无的虚空中幽然暗香

我徜徉于苕溪西路、莲家巷路、劳动路
环城河边的绿地散落着盘踞的树根
临街的铺子透出橘红糕和青团的清芬
龙溪绿道上姑娘们的身影仿佛也软糯甜香

季节总是流转，日子层层叠加
暮色追逐着黎明，而星光只能陪伴月光
许多的纷纷扰扰终将如银杏叶般飘逝
精致的宝藏和缱绻的爱都怀揣着孤独的心

在菰城

在菰城，面对仁皇山、项王码头
我不知道该如何评说秦始皇东巡
王气缭绕曾经是仁皇山的罪过
凿断龙脉是秦王赐给它的命运
此后的菰城陷入了无边的寂寞
丰富的词汇被太湖淹没

这是 2022 年 10 月 29 日的下午
仁皇阁下，我与这片山水对视
雁鸣声声，遥远的悲情隐于寂寥
我与菰城都似斑驳的城墙
任秋风抖落出我们身上
难以描述的沧桑和尘埃

奥体中心

湖州奥体中心除了盛产青春活力
也盛产宁静和优雅

没有赛事的时候，行道树依次表达
对运动健儿的思念

足球场的草坪仰望天空
那些射门的呐喊幻化为星光

桂花与金菊都很矜持
它们的芳香是夜跑者坚持的理由

我是这里小住一周的动客
奥体中心的流线让湖州的妩媚又多了几分

飞水寨

飞水寨把我托举至海拔 1559 米处
我脚下有坚硬的岩石，石缝中有倔强的松树

35 米高的瀑布让整个寨子飞了起来
飞水寨有巨响，响得把星辰震落一地

阳光不喜欢迷茫的事物在这里呈现
不管是山还是水，以及芜杂的事物

东邻江西崇义，南接广东仁化
在湖南汝城的飞水寨，我的思绪飞出省界

青草丛中，蓝色的矢车菊令人期待
飞水寨为世界拉开了更壮阔的序幕

鹰潭的暴雨夜

从兴国县往赣东北
铅灰色的云演变成了暴雨

暴雨把我留在了鹰潭
鹰潭的雨哄睡不着我

窗外的雨下得如此写意
仿佛也像我辛苦过半世人生

岁月总是逼人，风总是把苍穹放空
今夜辗转反侧的，该不只是我一人

遐想雨霁后的鹰潭草木更加茂盛
我身后的鹰潭亦如渐次远去的羊群

如我日渐递减的流岚与虹霓
在岁序中缓缓而静谧地消失

万年北服务区随想

车停于万年北服务区
不知道为什么
我说不出一句话

看急驰而去的车辆
看绿化带的落叶和天上的流云
看加油站蓝色工装者的背影

时光似乎凝固
服务区似乎又为凝固的时光解锁
而我们更像时光里漏网的鱼

是的，除了常常在梦中游回江河
我们如何能在干涸的日子里
构筑湿漉漉的春天

婺源之春

窘困的生活已定格在往昔的记忆
一万亿朵油菜花高举起夺目的金黄
在山岭间谈笑风生
十万亿朵嫩黄的蓓蕾
正集蓄起更大的力量
要在枝头上对大地山川倾诉
道古今，说未来
婺源的春天在巨大的花海中抵达

我惊诧婺源连绵不绝的春色
这深植于泥土中的梦想
被和煦的风和盘托出
热烈得没有节制
芬芳得毫无保留
让所有目击者的眸子灵动了起来
心也似潺潺的溪流
淌出湿润的诗意

万载古城

数十座宗祠错落有致
银杏树落下的叶子
以金黄的色泽怀念起往昔的荣光

有人操纵无人机在空中盘旋
他也许可以测算出古城的面积
却无法丈量出昨日与今天的距离

许多破损的墙壁门窗被修复
犹如失血的伤口终于结痂
疤痕被造梦师巧妙地抹平

我看见各个姓氏的宗祠在互相致意
微风帮它们传递内心滚烫的语言
一口口古井在地下交流着悲喜的信息

夏布、考棚、诗书、宝剑以及大灯笼

在冬日的阳光下欲言又止

牌位后面静默的灵魂发出微弱的声响

雨夜在宁德品读市花

幽香在此，在公园，在人行道
在居民小区，在乡野的地头田间
在面朝东海的渔村
在一部部诗集的书页中
一阵阵沁人心脾的幽香
于被秋风裹挟着的凉意中
脱颖而出

多少次旅居闽东
在桂花树下品读你如歌似酒的欢颜
甚至在梦境里与你共赴前世邀约
徜徉中倾心合掌的我
为你古老华美的生命祈福
纵然夜雨如丝，海浪的拍击恍如马蹄
我也愿与你共同芬芳起时间的伤口

培田客家古村落

这个灰瓦白墙的客家古村落
爬山虎不放过任何向上攀爬的机会
许多阳光都是从明清时代的天井中漏下来
像是洒落一条条久远惆怅的信息

大宅、祠堂、书院、牌坊、庙宇
它们承载过的繁盛已属往昔
报鼓狮、凤尾石、千米鹅卵石长街
在沉寂中浮现曾经的荣光

自赣入闽，逗留于连城县培田客家古村落
在村边的溪水旁看见消瘦的落叶
水车悠悠，溪水潺潺，落叶沉默不语
它清晰凸起的叶脉上起伏着我的忧伤

瑞云山

假如没有彩云缭绕

千米藤蔓的心事就会被半坡亭看见

假如没有嶙峋怪石

瑞云飞瀑怎么可能扑入鸳鸯池

也不可能让同心锁

在火山岩壁上固守美丽的承诺

也不可能让金凤古寨的笑靥

一直灿烂到情缘路

我多次踏访福建三明

瑞云山赠我一座天然坐佛

我总是素衣、简食、明前茶

与香樟花一起品味时令

天席地幕，瑞云山的风姿我只取两样

湿润的流岚，湍急的溪流

我为什么要远道而来，为什么要让

清新的风吹去人间烟火的焦煳味

林涛阵阵，心生无限寥廓

瑞云山含笑不语，人世间终归只是偶得

扬州

我能看到的扬州都在眼前
阳光轻轻地挥洒
大运河每一朵碧波都耀放金光

我能看到的扬州都在眼前
柳条垂落时都不忘捋一捋发型
它们数不清的长条叶片都有浓浓的思念

我能看到的扬州都在眼前
三丁包的香气飘满了街巷
淑女们的裙子对生活做出了柔软的表达

我能看到的扬州都在眼前
沿着运河边漫步，一切都在舒缓流动
风也与漫步的人随行，如似开似合的花瓣

大运河畔

不得不惊叹那些船巨大的腹舱
既能吞下金灿灿的稻米
又可满载雪白的盐

更神奇的是千里运河的风光
竟被它们轻易地卷成一轴巨画
在粼粼碧波上丝滑般铺展

北上抑或是南下
大运河里的船啊
载动了多少泪花、期盼和乡愁

桨声灯影中，多少梦境被涟漪荡碎
沉入水下的
又岂止是铜镜和陶瓷

在一座座码头和亭台楼阁边

伫立张望的人

眸子里看见的是隋唐还是明清

今夜清风朗月，会有几人无眠

披着月光夜航的船啊

水手急切地想拥抱橙红的黎明

夜过洪泽湖大堤

洪泽湖大堤的缄默让我惊愕
堤坝下的洪泽湖似乎欲言又止

两只东方白鹳在月夜里盘旋滑翔
它们轻快优美的体态令人想到爱情

一排排的大杨树高高挺立
飘落的叶片装饰昆虫的仲夏夜之梦

远处淮安市区的灯火闪闪烁烁
隐喻着万丈红尘里的凌乱和迷离

我目睹了这有限的见闻，我离去后
洪泽湖大堤仍演绎既有的姿态和颜色

第九辑　西域

抒怀

请理解我常常书写大漠戈壁草原
请理解我笔下总是有大风大雪大山

这无疑缘于我的游历
我的生命不能没有辽阔和壮美的元素

你可以想象在那无限的辽远中
多少不羁的灵魂在挣扎和奔波

而我在苍茫中走过的日子
被孤烟和残阳交融成记忆

让身处的人世少一些倾轧
让善良美好与爱构筑为天地日月的一部分

这是我书写向往的境界啊
我笨拙的努力何时抵达理想的高地

有感

飞机如巨鸟
它硕大的翅膀载着我
从乌鲁木齐到杭州
让我在地窝堡与萧山两个机场之间
品饮苍穹之下锦绣的新疆

我的体内已注满了天山的雪水
已林立着苍劲的胡杨
已绵延起碧绿的草原
我胸腔里回荡着十二木卡姆悠扬的旋律
还有驼铃轻轻叩击着银色的月光

巨鸟缓缓降落，人间万丈灯火
我曾叹息过的一些世事
皆已被巨鸟的翅膀扫去，不值一提

感谢与致敬

谢谢你们，北鲵、河狸、扁吻鱼
谢谢你们，野驴、北山羊、小狐狸
还有你，翅膀强壮的白肩雕
还有你，享受孤独的阿尔泰雪鸡
你们不曾拒绝我闯进你们的乐园
在你们的领地里
你们用美丽的肢体语言
向我表达了欢迎的姿态

必须向你致敬，普氏野马
必须向你致敬，塔里木马鹿
还有伊犁的鼠兔、吐鲁番的沙虎
当然还有罗布泊的野骆驼
在苍茫的戈壁、望不到尽头的沙丘
在高高的雪山、被风吹皱波纹的湖泊
你们的每一次奔跑或游弋

都释放出生命的激情和张力

我知道你们从不抱怨什么
即使发出娇嗔也会被风吹灭
你们也不去等待什么
所有的幸福与灾难、新生与毁灭
都比不上日出后的喜悦、月光下的宁静
我想让世界以最合适的视角观看
自由可以给生命赋以怎样的葳蕤
爱可以让新疆大地上的你们怎样光芒万丈

以邻居的方式

我们是胡杨、红柳、梭梭、甘草、沙棘
我们是芨芨草、碱蓬草、骆驼刺、罗布麻
我们是最能忍受干旱、荒凉的伙伴
我们以邻居的方式
共同抵御漫漫长夜里的孤寂
在大漠戈壁中
咀嚼风沙的滋味

有时被掩埋，有时被践踏
有时被裸露，有时被遗弃
我们可以逼退漫天的沙尘
也常常任由暴雪狂风的侵欺
我们长长的根系在地下探索未知
赤诚的忠贞在枝叶上倔强地跳荡
无尽的旷野迷失不了生命的方向

喜欢

喜欢看矮沙冬青、野苹果、野杏、野巴旦木
喜欢看贝母、樱桃李、野郁金香

喜欢看它们在大漠戈壁上迎风怒长的样子
喜欢看它们比赛着争相把根系扎向大地深处

阳光对它们不离不弃
冰雪天它们也波澜不惊

就连歌唱也不是那么讲究音调
高亢时如同炸雷，婉转时好像夜莺

因为喜欢它们，我内心的懦弱日见瘦削
因为喜欢它们，自己的脚步愈发恣肆

新疆的草原

那拉提、巴里坤、巴音布鲁克
喀拉峻、巩乃斯、赛里木湖西海
每当有人提到这些草原
我的目光就会格外明亮
即便是在夜色混沌的时候

它们似乎是一双双手互相挽起
把新疆大地紧紧环绕
它们如永不困倦的歌唱家
深情地歌唱天山的雪峰
歌唱遍地的牛羊和白云般的爱情

我踏访过新疆的许多个草原
我饮过草原的美酒和柔软的风
天山雪滋养了新疆葱茏的草原
新疆的草原补给我的余生
让往后的日子冬不拉般悠扬

天山雪

在新疆，无论我走到哪里
横亘的天山都对我默默注视

它知道我跋涉的艰辛
更知道我内心的期待

它用额头上厚厚的积雪
护佑我每一公里的探寻

它用高耸的肩膀召唤神明
让我眸子里始终有光

不要再说这片土地的荒凉和沉寂了
新疆的丰沛、缤纷和热烈超出你的想象

在新疆，无论我走到哪里

都努力与天山保持角度的一致

雪莲、红柳、胡杨、苍鹭、驼铃
天山雪赐给我纯度精绝的钙质

纵然前路与时间都变得异常坎坷
我心中都拥有无限的辽阔和晴朗

在新疆突遇大雪

被突如其来的一场大雪袭击
耿直的新疆把我的双足拖住

时间很薄，新疆很厚，西部很辽阔
天山从来都经得起岁月的磨砺

我的旅程由大漠胡杨雪莲决定
转场的羊群向枯黄的草场致敬

雪一直在下，仿佛要覆盖我过往的旅程
雪一直在下，昨日的云朵低过路边的马蹄

人生已过半百，难得被大雪留下互相对视
大漠宽广无垠，我努力听懂它敦实的心跳

雪莲

原谅我又一次写到雪莲
只因我心心念念的总是新疆的天山

雪莲就是这么任性
她对雪线以下的人间保持缄默

她知道纷扰的人间故事线索芜杂
她习惯了在天山上品读阳光的诗句

只用几片近乎透明的花瓣
雪莲就彻底激活了天山的血性

与冰雪相伴，深爱着广袤的大漠和绿洲
这也是我深爱的，我的眸子常常遥望天山

脉动

马蹄激荡西风

沙蜥在燥热的戈壁上思索

红狐跃动于荒原

甲壳虫从沙柳丛中私奔

蒲公英一如既往的低调盛开

山丹不管风有多大都擎起火炬

这片广袤无垠的土地并非高深莫测

我们常常误读了它坚韧的一面

当阳光穿透云层，被沙尘遮蔽的枝条

战栗着诉说生命的渴望

沙葱

沙葱的微笑

发自广袤孤寂的戈壁

彼时，风很冷

牛羊在深深浅浅的沟壑移动

那些残存在砾石间的积雪

试图阻止梭梭红柳胡杨返绿的行动

她摇曳着满身的碧翠

葱尖上沾着的点点阳光

足以击溃任何倒春寒的可能

而大戈壁真的被她动员起来了

彼时，她的微笑隐于长长的根系

如同一个旷野里的母亲

任她的娃儿们四处撒欢

与普氏野马对视

一匹普氏野马在准噶尔盆地游荡
它短而直立的鬃毛
承接了荒漠戈壁的月光

它健硕的身体跑赢了芨芨草枯败的速度
每个清冷的夜晚
它都用浓重的鼻音朝世界倾诉

我与它远远的互相对视
此刻万籁俱寂，风也蹑手蹑脚
梭梭与红柳静默于它的领地

夜已深，我终究要离开
它也不会始终对我张望
彼此的孤独装饰了渐隐的虚幻

逃不脱的黄昏

一匹年迈的普氏野马倒在戈壁滩
身上没有任何被袭击的伤痕

孤立着的胡杨目击了它最后的奔跑
它迟缓地把自己交还给大地

它与下一个喷薄的黎明只差一个长夜
而命运却赐给了它一个逃不脱的黄昏

落日的余晖让戈壁更加沉寂
苍穹下只有白尾的鸦啄食的声音

永远沉睡于荒原的普氏野马啊
不愿拂去你蹄印的是黄昏的风

东天山

横亘于哈密的天山山脉
给了我太丰盛的满足
东边的星星峡
西边的昌吉和吐鲁番
南边的巴音郭楞
北边的巴里坤
它们赐给我大漠戈壁草原湖泊
赐给我冰雪和胡杨
赐给我野马的嘶鸣
赐给我哈密瓜甜蜜的传说

我惊讶于东天山的繁茂
它不仅仅有风沙的漫卷
也有大海道的鬼斧神工
更有雪莲勾人魂魄的微笑
寒气沟、松树塘、天山庙、鸣沙山

它们在不同方向研发美、生产美、消费美

十二木卡姆和麦西来甫的乐曲

引领我渐渐走近哈密的内心

让我读懂东天山的倾诉

聆听沙枣花绽开的声音

整个中午的时光

整个中午的时光，我都站在东天山
仿佛东天山才是我精神的故乡

东起寒峪沟，西至松树塘
南自天山庙，北接鸣沙山

东天山赐予我冰雪、云海、草原
赐予我阵阵松涛和油菜花夺目的金黄

我有足够的耐心等待大风吹来
我有足够的理由让大风把我吹进羊群

我甚至觉得自己就是东天山的一部分
即使被人们遗忘，也是曾经碧绿过的牧草

在东天山我擅自狂喜，抛却了仅存的矜持

生命如此短暂，阳光下的草木就应该欢欣

整个中午的时光，我都在研读东天山
它绽放在新疆东部的笑容，让我没有了悲伤
在哈密听十二木卡姆

阿曼尼沙汗传唱出的十二木卡姆
在千百年后的哈密更加悠扬欢快
琼乃合曼苍劲深沉
蕴蓄了大漠戈壁般无穷的力量
达斯坦雪水似的流畅
优美的抒情宛如夜莺歌唱
麦西来甫的载歌载舞
把演奏推向一浪高过一浪
哈密的旷野、山间、草地、河流
都在令人心旌摇荡的弹拨中光芒万丈

我，一个来自江南的旅行者
从这激情澎湃的旋律中
顿悟出不止于哈密，在漫长的丝绸之路上
十二木卡姆永远都不会唱出黑暗

风趴在蜥蜴的背上

一只蜥蜴趴在哈密的戈壁滩上
风趴在蜥蜴的背上
极其有限的骆驼刺长在戈壁滩的尽头
它们都以同样的方式
接纳或者隐忍这干热而且无声的世界

这里的确人迹罕至
也就没有什么伤离别的故事发生
即使有，眼泪也在瞬间蒸发
只有蜥蜴与亘古的戈壁滩
在默数下一个春天的归期

吐鲁番百里风区

这里的风太大了，无论我怎么写
都形容不了它的大

它像十万匹脱缰的野马
朝着被囚禁了一万年的梦想狂奔

它把数不尽的尘埃席卷
只留下被剥蚀后质地坚硬的基岩

它是强冷空气的精锐部队
宕宕而来，突破了重重防线

它几乎无休止地搬运旷世奇象
它的阵阵呼号让天山雪为之动容

猎猎大风啊，你可曾看见我羞愧的目光
你快吹走我这些年苍白的许诺、失血的誓言

秋天的葡萄沟

你无法否认吐鲁番葡萄沟
荟萃了所有美的元素

不仅仅是香甜的葡萄
也不仅仅是香甜的风

也不止于此起彼伏醉人的情话
也不止于阿依古丽热辣的眼睛

木卡姆歌舞点燃爱的火焰
布依鲁克河水洗濯心灵的积垢

秋天的葡萄沟是如此的神奇
阳光下每个访客都丢失了孤独

伊宁机场路

通往伊宁机场的公路
一直有苹果树相伴

一些苹果坠落于地
仿佛不愿在枝头被人仰视

冬天将临，冷空气纷至沓来
粗糙多维的世界将被白雪覆盖

伊宁机场路的苹果树不在意这些
它们跟我一样，习惯了季节流转的悲欢

伊犁印象

巩乃斯、唐布拉、那拉提、昭苏
在这些草原上跃马扬鞭的汉子是幸福的
鞭声响过之后，格桑花争相绽放
姑娘们的眼睛也追寻起牧马人

在果子沟苹果树林里采摘的人是幸福的
风把脆亮的笑声带到沟外，云朵侧耳倾听
伊犁河畔弹唱十二木卡姆的人是幸福的
那激越的乐音盛开出天山雪莲心中的秘密

赛里木湖自由游弋的鱼群是幸福的
清澈的湖水来自大西洋最后的眼泪
雪花飘扬的时候，枯草也在孕育着绿意
我热爱的伊犁啊，总是让美好有序的轮回

巴音布鲁克

最怡人的季节来到最该去的草原

巴音布鲁克，你的美穷尽了我的想象

茂盛的细茎鸢尾草摇曳着欢乐

恣肆疯长的身体是对高寒的蔑视

羊群从不羡慕天空的白云

遍地的野花斑斓了访客们的眸子

这里还盛产能歌善舞的姑娘

最美的那一个究竟在哪座毡房

我策马扬鞭在草原上奔跑了多远

我挥汗如雨，美丽的阿帕尔汗啊，你是否看见

阿娜尔古丽

满山坡的石榴花开了
它们就像一块巨大的白丝绸
上面写满了你的名字

你的名字就是石榴花
花中有你的爱恋、泪珠和牧鞭
还有皑皑白雪和夏夜里的星光

满山坡的石榴花都快谢了
它们就像一块褪色了的白丝绸
被风揉皱，被雨打湿，被鸟啄破

阿娜尔古丽啊，时间在山坡上潜伏
我在山坡的草丛里翻来翻去
怎么也找不到你石榴花般的身影

坎儿井

莫名的就喜欢上了坎儿井

喜欢上了它在大地深处的流淌

喜欢上了它在大地深处的歌唱

它流淌的姿势骜傲不驯

歌声的翅膀把大地穿透

它从不为众多美丽的形容词所动

清澈的水在竖井、暗渠、明渠中自流

润泽着吐鲁番的心

如果可以，我请求坎儿井把我接纳

随它一起在无边的寂静中

互为知己，互为抚慰

完成未来生命的另一种回归

等候一场雪

今夜的霍尔果斯似乎比往常更静
只有凛冽的风在自说自话

我听懂了寒风的语言
我知道一场大雪正在逼近

北面科古琴山的羊群早已转场
卡拉苏河的水在冲积平原欲淌欲停

大雪正在逼近，我独自在西部边陲
今夜无人等我，至暗的天空即将飘雪

我的温暖来自在旷野低吟的倔强灵魂
芦苇野麻甘草贝母苍耳都是我的舞伴

我相信冰冷的火焰就要燃起

我不会听到莫乎尔牧场被雪冻疼的啜泣

在遥远的霍尔果斯拥有这样的等待

我有什么理由去忧郁和哀怨

转场

数百只绵羊离开熟悉的草场
下一站是它们未知的幸福

毅然决然，羊倌的鞭影抽碎了浓云
霍尔果斯的山坡见惯了粗粝的命运

有些不情愿，有些很无奈
也有些很向往，也有些很期待

转场的羊群走在初冬的山道上
它们的蹄甲捕捉到由远及近的暴风雪

我又何尝不是转场的绵羊
生活把我的蹄甲磨得越来越厚

让我捕捉迎面而来的袭击与危险
让我畅享山那边又一片绿茵的狂欢

莫乎尔牧场记事

霍尔果斯莫乎尔牧场

一匹黑骏马与我对视良久

它对我简易的装束好奇

我也无法对它叙述人生的风雨

正午的阳光十分写意

黑麦草狗尾草萱草录制着苍穹的心声

骑手驾驭着它奔向牧场深处

响鞭把风抽成了阵阵花雨

奔驰在辽阔的莫乎尔草原上的黑骏马啊

用刚健的蹄子谱出了一曲悠扬的牧歌

天空之镜下的赛里木湖

都说赛里木湖是大西洋的最后一滴眼泪

可我总是分辨不出

眼泪与湖水与雪水有什么区别

我甚至分辨不出

天籁般的歌声与云雀翅膀的扑打声

有什么质地不同

就像这赛里木湖的微笑

跟灿然绽放的格桑花一样

纯净得让人心灵震颤

伫立于天空之镜下的湖畔

我已不能有更多的言语

赛里木湖就是我失散多年的亲人

赛里木湖的蓝

赛里木湖的力气有多大
她只用了一抹蓝
就轻轻地把我揽入怀中

被她揽入怀中的
还有巍峨的天山
天山上十万朵盛开的雪莲

还有十万道霞光
十万朵白云
十万首牧羊人的情歌

面对赛里木湖的蓝
我的所有忧伤
瞬间都变得苍白

察布查尔日记

察布查尔的每一个锡伯族人
都是杰出的弓箭手

他们把箭射向山峦、草原
射向河流、天空和风

狼、狍子、黄羊、野兔
无一不崇拜锡伯族人的箭法

他们射出的箭头
呼啸着表达爱恨情仇

伊犁河河水奔腾而来
致敬每一位锡伯族男女

日益繁盛的察布查尔广袤土地啊
风吹不走骁勇的锡伯族人的传说

赴克拉玛依

从乌鲁木齐去克拉玛依
我特意选择了乘坐长途大巴

我知道这是一趟并不轻松的旅程
我要体验和享受的正是它的并不轻松

坐在最后一排的我
连脚趾都能感觉到车轮的飞旋

它碾压大漠戈壁，从容地
迎接和承受迎面而来干热的风

车厢里许多人都安静地睡着
颠簸中的他们表情却很淡定

车窗外闪掠过棉花、胡杨与红柳

大漠凸起的质感令我痴迷

黄昏时分终于看到了克拉玛依林立的井架

这一刻寂寥与欣喜都像那温暖的夕晖

克拉玛依魔鬼城

我不认同魔鬼城这一说法
正如我不相信有魔鬼一样

但克拉玛依的风蚀地貌的确令人心惊
时间在这里静止，世界在此刻沉寂

风把荒原雕塑得极为怪诞
甚至把月光也吹向了远方

克拉玛依荒原的灵魂犹在
亿万斯年了，仍未被风吹走

如果我一直伫立在这片荒原
我的皮肤和骨骼注定不复存在

而且我的灵魂也将无迹可寻
猎猎大风啊，请你忽视我的存在

克拉玛依大风

我在一张纸上写下的诗

被突如其来的大风吹走

我脚下是广袤的克拉玛依荒原

它似乎不需要我的唱颂与赞美

不被大风吹走的有沉默的石头

瑰丽的雅丹和倔强的胡杨

钻井平台与地下奔涌的黑色血液互为知音

它们在戈壁深处的歌声惊落了满天繁星

被大风吹走的岂止是我苍白的诗行啊

残存于我内心的怯懦也成了它围剿的目标

克拉玛依油田

克拉玛依油田辽阔宁静
林立的采油树
不停地朗读大地和天空

油井仿佛深不可测
钻井工是世上最神奇的人
他们能把岩层深处的秘密掏出

那些秘密深藏在亘古洪荒的地表下
钻井工为它们凿开了宣泄口
黝黑的它们欢呼着喷涌而出

我怎能不百感交集
在浩瀚的克拉玛依油田
一名钻井工让日月星辰都俯身于荒原

乌尔禾的风

克拉玛依乌尔禾的风有多猛烈
把能吹走的草都吹走了
还不放过沉默的荒原

风把成片的荒原吹散
让它们成为散落遍地的孤魂野鬼
然后与它们一起肆意狂呼

我到达乌尔禾的时候风已经很累了
被风折磨得痛苦不堪的荒原
发出了压抑太久的呜咽

我也禁不住鼻子发酸
在城市的茫茫人海中我装模作样地活着
从来不敢像乌尔禾的利剑般切割天空

巴克图的格桑花

在塔城，在巴克图口岸
我盯着祖国西疆的格桑花出神

我和她们有太多想说的话
她们对我仿佛也有万语千言

那么，聊吧！聊骄阳、大风、飞雪
聊塔尔巴哈台山南坡的月光

聊乌孙、突厥，聊元世祖忽必烈
聊额敏河如何自东向西横贯于南

但不聊我徒步到巴克图，如果聊
怎对得住史上屯田的六百名士兵

多么辽阔而壮美啊，祖国的西疆
我是多么平庸，比不上那些格桑花

在南疆

独行库尔勒，独行罗布泊
独行阿克苏，独行和田、且末与库车

我所独行的地方只是南疆大地的一部分
它们一直随我的脚步起伏着旷世的美

它们向我高擎起胡杨、银杏、钻天杨
把芨芨草、骆驼刺和红柳都召集到我眼眸

我早已步入漫长的中年，独行于南疆
我顿悟出什么叫草木一秋，人似野花

在南疆，我收获了太丰盛的明亮
离开南疆许久了，我竟再也没有过悲伤

风放慢了寂寥的歌吟

原谅我笔拙词穷

我只能用辽阔来形容这里的辽阔

胡杨树遒劲如初

即使倒下了也依然托举着朝阳

驼队由远而近

清脆的铃铛声敲破薄薄的光阴

风放慢了寂寥的歌吟

芨芨草的根须从未放弃扎向地心

冰山上的雪莲总是兀自绽开

她们只中意不倦翱翔的雄鹰

我从遥远的江南走来

领受并且品饮漫漫无边的孤独

我看见天色开始昏暗了

今夜的星辰能否为我熠熠生辉

春天的准噶尔

虽然犹豫了漫长的季节
雪水还是从冰山上倾流而下

它对大地放射状的冲刷
让旷野不再有遗落的梦境

所有的芽苞迅速地集结
如同戍边的卫士接到冲锋的号令

苍老的枝条被风裹去
新鲜的阳光铺满准噶尔大盆地

古尔班通古特沙漠上的驼队缓缓前行
最低处的艾比湖向天空唱响高远的情歌

晚上十点的喀什

我该怎样描述
晚上十点的喀什
太阳竟未曾打烊

太茂盛的光
依然不疾不徐地一遍遍涂抹
辽阔的大地山川

帕米尔高原东北麓的风
说服不了野性的鹰
就像疏勒河不拒绝喀喇昆仑的雪

我笨拙地学唱
喀什古城的古老歌谣
总是把低音抬高了八度

被白杨高擎着的喀什啊

今夜也把我轻轻地托起

看塔克拉玛干如何盛迎巨大的圆月

慕士塔格峰

在喀什，在帕米尔高原
我的目光投向了冰山之父
投向了慕士塔格峰的皑皑白雪

仰望它时，我一言不发
我觉得此时所有的语言
赞美、感叹、议论、评价
甚至稍微粗重的呼吸
都是对它的冒犯或不敬

万山堆积雪
积雪压万山
我想为慕士塔格峰献上礼物
可半生已过，我依旧两手空空

和田一日

弥漫的沙尘努力改变这片天空的真相
旷野中只有一个像我这种可以忽略的人
说起风就起风，说扬尘就扬尘
和田的天气与和田的人们同样刚烈
我并不认为恐惧已经袭上我全身
我甚至油然感激这变幻难测的命运
这遮天蔽日的沙尘其实充满了灵性
它以飞扬的姿势拥抱了所有的生命
多像自由奔放的喀拉喀什河啊
塔克拉玛干沙漠成了她心中的圣地
如果可能，我愿终老于河田
这片土地上的人心里都有自己的神

骆驼刺

独行于新疆和田的大戈壁
骆驼刺是这广袤土地里我唯一的同伴

她扎在地下的根有多长是个谜
正如大戈壁看我的眼神充满疑惑那样

她为什么能在高温干旱的地方
始终绽放着初露般湿润的微笑

黄沙漫卷的时候，她逆来顺受
仿佛从未有过情仇恩怨

或许这大戈壁承载了太多的困苦
骆驼刺内心的疼痛也被风干

我卑微的身世因骆驼刺而陡生力量
时光渐老，我要保持骆驼刺般绿色的风度

天空下

在生态环境脆弱的新疆和田
我无意中踩断了一棵芨芨草

它没有发出撕心裂肺的哀号
甚至它的草尖还亲抚了一下我的脚踝

我内疚的心情难以描述
就像和田的大漠盛满了寂寥

芨芨草的眼睛望向天空
天空下我也是一棵命运难卜的草

人生之旅已行进到了秋天
还有多少旷世的画卷在我心间缭绕

荒原的孤魂

塔克拉玛干辽阔得让人失语

我的双脚已经力不从心

但我依然要告诉塔克拉玛干

我已来过，全身的汗水已被蒸发

被蒸发的还有反复涌起的幻念

漫天的扬尘裹挟着一曲燥热的挽歌

无处安放的忧郁岂止是在此刻

彼时的怅然若失也同样祛魅

我想与流沙一起破译塔克拉玛干的密码

风却掠过沙丘的脊背给我呈现荒原的孤魂

岸边

塔里木河岸边的芦苇
一生都在思考为什么长在这里

为什么一生要与风沙相伴
为什么落在河里的夕阳又大又圆

为什么鸟飞过河水上空时无声无息
为什么天山雪能融化大漠许多的秘密

我费尽周折来到塔里木河
芦苇摇曳时的肢体语言令我着迷

它似是隐匿又似是张扬的信息啊
让我沉默的思绪变成了就要奔放的歌

塔克拉玛干

把满腹的心事就地掩埋

把满脑的烂漫交给流沙

把欲望的火焰赠予飞雪

把生命的图腾置顶于苍穹

不说春风的浩荡

不说季节的迷茫

斑驳的海市蜃楼

让偶尔的驼队影子更加苍凉

纵使绿洲的梦想迢遥无边

野马群依然奋蹄奔腾

纵使羚羊的骇骨散落在龟裂的戈壁

阳光依旧致力于时间的提纯

热烈而又沉寂

亘古而又新生

触摸到了塔克拉玛干的脉搏后

我所谓的忧伤已不值一提

沙砾

我无法辽阔成它那般辽阔

我会努力成为它

大戈壁上的一颗沙砾

我也无法在巴音布鲁克草原

像天鹅般舒展洁白的双翅

我会在丰盛的水草边为天鹅吟唱

甚至我也无法随塔里木河水

流向塔克拉玛干大沙漠深处

我请求风把我捎向楼兰古城

我为自己的渺小无能羞愧不已

巴音郭楞默默地拥抱我

她坚毅的眼神燃旺了我生命的火焰

巴音郭楞

高山、盆地、河流、湖泊
戈壁、沙漠、平原绿洲
一百六十多万人口
四十六个民族
这么说巴音郭楞
我自己都极不满意

今夜，我畅饮焉耆盆地的葡萄酒
酒杯里有昆仑山天山和阿尔金山的雪
有塔里木河和博斯腾湖的水
有野骆驼的呼吸和罗布泊盘羊的蹄声
有红柱石与蛭石的光
酒杯里还有西域三十六国的背影
有遥远的牧歌和呼啸而来的火车汽笛

巴音郭楞的辽阔，普氏原羚和赤狐知道

巴音郭楞的壮美，芦苇、甘草和麻黄知道

巴音郭楞的塔里木河经年累月受太阳宠爱

胡杨、草原、牛羊和苹果都有阳光的味道

巴音郭楞的心

巴音郭楞太辽阔了
辽阔得不知道它的心在哪儿
我只知道博斯腾湖的芦苇绿了又黄
库尔勒梨的香气耽误了鹰的飞翔
米兰遗址、楼兰古城、锡克沁千佛洞
连同铁木关都在黄昏时散发丰富的信息
塔里木盆地与天山、昆仑山、阿尔金山
合力演奏令人惊叹的大地传奇

我在巴音布鲁克草原徒步
在罗布人村寨看老人们划舟捕鱼
奔驰的普氏原羚、塔里木兔和赤狐
我怀念它们，也怀念灰枣、杏子和巴旦木
它们的果实结满了太多的爱与忧愁
巴音郭楞太辽阔了
辽阔得让我觉得它的心

被执拗的胡杨林牢牢攥住

再强劲的风也吹不走

巴音郭楞眸子里的光辉

在塔里木河边

塔里木河岸边的芦苇
一生都在思考为什么长在这里

为什么一生要与风沙相伴
为什么落在河里的夕阳又大又圆

为什么鸟飞过河水上空时无声无息
为什么天山雪能融化大漠许多的秘密

我费尽周折来到塔里木河
芦苇摇曳时的肢体语言令我着迷

它似是隐匿又似是张扬的信息啊
让我沉默的思绪变成了就要奔放的歌

荒原

这荒原是陌生的，野花是陌生的
草是陌生的，偶尔掠过的鸟更是陌生的

只对自己的脚步异常熟悉
它们在荒原上蔓延出空谷般的寂寥

黄昏把郁结在荒原上的事物覆盖
一些星辰开始呼应窸窣的低语

一生都朝着比远方更远的地方奔走
命运赐给的一切，我如数接纳

草枯黄，花凋谢，叶飘落，它们散淡自如
它们那淡然中的尊严，怎不令我肃然起敬

在伊宁老城

这是伊宁老城的一座院子
下午四点的阳光充满了平和的韵味
如同院中的几株桃树
以植物的属性判断人间的冷暖

我与维吾尔族长者对饮
我拨动了他年轻时光阴的心跳
他那被我触动心扉的目光
有过瞬间的跳动，如坠落的花瓣

人世多么辽阔，而青春常常用来回望
我们热爱桃源，但桃源往往是梦想的流放
让记忆远行吧，任故事发酵
习惯了命运的反复，就会淡看荣枯的岁月

罗布泊

干燥的罗布泊对我欲言又止
流动的沙丘裸露了她起伏的曲线
沉默的胡杨与红柳一起守望天空

塔里木河依旧缓缓流淌
河畔芦苇随风起舞的姿势恒久不变
阳光热烈照耀，把薄雾的心事悉数蒸发

亲爱的，我在遥远的新疆尉犁罗布泊
我脚下气韵生动的塔克拉玛干大沙漠
让我怎能不爱祖国的黄金品质

独行罗布泊

还要有多久

才能抵达楼兰古城

还要有多久

才能看得见清泉或驼峰

砾石沉默

沙蜥沉默，风也是静止的

所有的景象都纹丝不动

爆裂的阳光灼不痛无声的虚无

我必须用有限的文字

记录下我目击的这一切

倘若我不致敬苍茫的罗布泊

我必死于蜂拥而至的平庸无聊和羞愧

素描罗布泊

在罗布泊，我的呼喊没有回声
所有在罗布泊的呼喊都归于沉寂

沉寂不是罗布泊的属性
它粗粝的外表起伏着悲怆的呜咽

时间仿佛枯竭，拂晓迭印着黄昏
去向成谜的湖泊豢养不了虚无的美人

流沙在沙丘上移动
浮尘把风当作唯一的亲人

天地在无声地燃烧自己
荒原孤傲的灵魂在罗布泊抬起头来

罗布泊之夜

沉沉夜色不会让罗布泊的苍凉隐匿
仍有几缕星光试图寻找消失的烟波浩瀚

湖泊干涸了，梦想的爝火依稀闪烁
楼兰姑娘的歌声流沙般拂过

谁也看不见罗布泊的尽头
历代的月亮在沙丘上轮番随驼铃碎去

我从数千公里之外来到这里
与一棵马蔺草分食盐碱和孤独

多么清冷，多么寂静，多么美好
罗布泊与我同时认出了彼此是故人

罗布泊的梭梭

一丛丛倔强的梭梭
公然蔑视死亡的威胁

在源于大地深处的思想加持下
它们自由地在荒野中奔突

燥热的风掠夺不走它们的绿色
它们对抗孤寂的方式让飞鸟汗颜

我久久地注视着它们的身躯
它们赐予我苍穹般深邃的力量

我相信阳光投在它们身后的影子
是罗布泊神秘传说不可删节的部分

罗布泊的独木舟

独闯罗布泊，风的燥热
不曾让塔里木河迷失方向

乘独木舟西行，维族老人说
这是用一棵胡杨树凿成

霎时无语，地老天荒
鱼在水里游弋，我的网没有撒开

蓬勃的树，西流的河，游弋的鱼
它们在塔克拉玛干发生了什么

我的惊愕如悬浮的黄叶
落下即是荒芜，像混沌多年的旧时光

克里木江

克里木江其实还很年轻

是塔克拉玛干的热风把他吹老了

他看惯了塔里木河的流水荣枯

他对日出日落的时辰烂熟于心

铮铮胡杨是他在荒原里最好的朋友

他与坚毅的胡杨都是风骨凛凛

我与克里木江在沙梁上有过深度交谈

太阳在他黝黑的脸庞镀上胡杨般的金光

如果你也会去塔克拉玛干

请沿着雄鹰的指引抵达那片沙梁

如果你能遇见克里木江

你就能看到他新栽种的胡杨

请你告诉他，我已不再畏惧寒冬的逼近

水穷处，我欣然赏读辽阔的大地和天空

孔雀河

从博斯腾湖溢出

闯过铁门关

任性地流到库尔勒和尉犁

在大漠戈壁中

肆意狂草着爱与忧伤

把最难表达的孤独

注入广袤的罗布泊

在那里，孔雀河要去寻觅

她苦恋已久的大地之心

再写孔雀河

我惊讶她内心的平静
从博斯腾湖到铁门关
从库尔勒到尉犁
她从不叙述一路的艰辛

她不说苍茫的戈壁大漠
不说昏天地暗中的飞沙走石
她只描述沿岸摇曳的芦苇
说芦花的歌声如何让云朵忘了飘飞

不要以为孔雀河生性柔弱
她心里住着的都是英雄
东汉的班超，平叛的左宗棠
她以水代酒致敬勇毅的男神

今夜的库尔勒的灯火阑珊

穿城而过的孔雀河要奔向罗布泊

红尘滚滚，我心逐浪

她不息翻卷的清波隐喻我人生的方向

在且末

只有昆仑山和阿尔金山的雪陪伴我
只有塔克拉玛干大沙漠陪伴我
只有车尔臣河陪伴我
只有野牦牛野骆驼和盘羊陪伴我
仿佛我一生经历过的所有的孤独
此刻都完整地复写在我身上
连细节都没有缺失

气温骤降，芨芨草缄默无言
只有巴拉提·吐尔逊老人点燃的篝火
让这个寒夜有了动人心魄的亮色
只有他弹拨的阿拉其热瓦甫的琴声
让被疾风吹动的流沙
覆盖住了我命运的踪迹

库车机场

在库车机场
我万般不舍地看了又看
目光所及的那些戈壁沙丘和梭梭
我想把自己藏进风中的红柳丛
或者隐身于野棉花地中

在库车机场
浅色的天空满是寂寥
风向标知道季节的方向
也知道乌鲁木齐二道桥那边
国际大巴扎在等待着我

一生中走过多少地方
唯有广袤的西域让我的足印更深
更愿被库车的砾石所认
当我意绪难平的时候
叫一声库车全身就如张满风的帆

午夜的库车

太受宠若惊了，午夜的库车
所有的马路
都在聆听我独自行走的足音

甚至我去过的天山神秘大峡谷
库车王府、苏巴什古城、库木吐拉千佛洞
都在回放我的足音

可是我的足音终究微不足道
辽阔的塔里木盆地
更多的是梭梭与流沙搏击的声音

生命如此玄妙，即使是在库车
也同样是止于青萍
我祈望精神的水分被库车燥热的风蒸发

午夜库车街边的路灯

午夜了，库车街边的路灯多么温暖
温暖得让我的泪水在眼眶里打转

它洒下的光芒如圣水洗濯我的全身
让我的足音与库车的心跳同频

我想问问它，在南疆腹地
它在坚守或是在等待什么

它是在怀想龟兹国的猎猎大风
还是在守护克孜尔千佛洞的千年梦幻

抑或是从库车河水哗哗作响的波涛中
捕捉夏牧场火绒草拔节生长的声音

它从我的孤旅中洞见了我的人生履痕

用橘色的温情擦拭我尚存的忧伤

午夜库车街边的路灯啊

让我心灵的锈迹簌簌掉落，难留影踪

邂逅

一群人不约而同并且历尽艰辛
来到了遥远的阿克苏
在刀郎的歌声中
分享彼此旅途的故事

天亮后有的去了阿合奇或阿拉尔
有的奔向和田或轮台
我则踏上了通往库车的路
龟兹古国令我魂牵梦萦

当我终于置身于库车
那冲积扇形的砾石戈壁滩
突然想起在阿克苏邂逅的那一群人
此生将可能永不重逢

我惆怅的心情变成一行清泪
滴落于捧在手里的馕

第十辑　天涯

海南之恋

它湛蓝的海水

为什么会让失眠者欣然酣睡

它绿色的风

为什么会让云朵充满缱绻柔情

甘蔗、杧果、菠萝、香蕉、莲雾和火龙果

她们甜蜜的情话在青纱帐中此起彼伏

就连港湾里刚归的渔船

也因网箱里的鱼虾而神采奕奕

我看见漫长的海滩上

无数颗细细的沙砾与贝壳亲昵

潮水隐退又漫涨

浪花坚贞不渝地为宝岛歌唱

为什么美好的事物都眷念这里啊
这么简单的问题，我总是问个不休

夜海南

那些分贝很高的海浪
大多在白日里咆哮

那些高高在上的椰子
总是在阳光下的泥土中实践起美的追求

当繁星缀满浩瀚的天幕
夜海南匍匐着沙滩才懂的迷离

木棉花、三角梅、羊蹄甲和蝴蝶兰们的心
因为礁石上的紫贝壳而更柔软

海风湿润，午夜难眠，航标灯闪闪烁烁
我想唱的歌会不会被俏皮的游鱼听见

细雨中

细雨怎能把我的目光收拢
我眼前的海南赠予我的也不止于大海

扶桑、桃金娘、九里香、白花曼陀罗
它们在细雨中摇曳的样子让海浪痴迷

大花紫薇、美丽异木棉开了又开
仿佛把我疼痛的往事不断地驱离

红花羊蹄甲与凤尾丝兰的歌声绵绵不绝
南洋杉的针叶执着地制造坚定和韧性

赠予我柔情、祝福并点燃希冀的宝岛啊
这细雨中它们的清香足以微醺我的余生

海口骑楼

在这里，喧嚣的市声是美好的
所有的叫卖与成交都是美好的

非遗的展示与最新潮的无人机是美好的
妈祖庙中的祈福与老茶馆里的闲聊是美好的

在长长的骑楼下多放些椅子吧
让下南洋的先祖之魂随时可以歇息

给斑驳的砖墙多打上几柱灯光吧
远逝的岁月需要梦幻般的色彩装点

骑楼深处是椰林棕榈橡胶树的合唱
它们追思着曾驾驭古船劈波斩浪的先民

万泉河边

万泉河就在我眼前流淌
她多么清澈，汇入南海的样子多么从容

海风吹动起她的碧波
她在瞬间的回眸，让我的身心也荡漾起来

椰树、棕榈、橡胶树目送着她远去
高耸而且纤瘦的桉树也向她致意

我听见灌木丛中的沙沙低语声
光阴在晚霞中被夕阳拉得绵长

这一刻，我忽然感到
世界在我伫立的万泉河边失语

三江入海

九曲江、万泉河、龙滚河三江汇流
她们相拥于南海时
朝霞舞动如十万匹红绸

从绵绵群山行至博鳌，她们不以倦容示人
清澈的水置换了岁月的皱纹
她们宛如赴约的少女

我相信三江有她们的秘密，但谁也不说
这秘密南海已隐约感觉
同样也含笑不语

从博鳌入海，她们以甘甜之心
承受海水的咸
此后经年，她们都把命运交给了时间

而在南海的碧波中，时间是蔚蓝色的

欢游的鱼群，飞翔的海鸥

不会说出三江故事的续篇

文昌速写

海南文昌，写下这四个字的时候
天空突然放晴，许多暖意纷至沓来

海南文昌，置身于这块土地的时候
高隆湾海滨的椰林露出了碧绿的笑容

只是一瞬间，它就接纳了我
只是一瞬间，我就迷失于它

入夜了，星星们在夜空窃窃私语
退潮的海水相约起簇新的黎明

这个城市的居民不多，每一位都是诗人
他们在椰风海韵中自由地抒情

时间在这里慢了下来，如悠悠作业的渔船
海鸥扑打翅膀的声音，让云朵走走停停

文昌老街

文昌老街上，青石板路的凹凸
怎不让爬满青苔的骑楼忧伤

一个额头上深刻着皱纹的阿婆
坐在墙根下，用桃木梳梳理着旧时光

我看见她直起身子缓缓地朝阳光走去
湿润的海风已开始把葳蕤铺洒向人间

就像转角处的三角梅一直拒绝萧瑟
新的梦境也在造访灰砖、窗棂和雕花

在这让我惊心而又惊喜的文昌老街上
我腾空了过往，接纳迎面而来的春天

倒扣的船

在海南文昌的滩涂上
一只倒扣的船让涛声分贝降低

椰树不去问它倒扣的原因
滩涂也不问，贝壳沉默不语

它倒扣的船体里
究竟盖住了多少秘密

海月升起，潮水漫涨
它隐隐的啜泣被海风收走

东郊椰林

文昌的早晨始于东郊椰林
十万棵椰树把太阳从海上托起

椰衣穿行于湿润的风中
而椰汁的清甜已被朝霞饱尝

涨潮了，海浪一阵紧似一阵
它们试图破译椰林的秘密

往筐里装椰子的姑娘也有秘密
但她不说，她眸子里的光芒就是答案

滴翠的东郊椰林有悸动的心
赶海人的脚步朝着澄澈透明的方向

原谅我再次写到东郊椰林

原琼我再次写到东郊椰林
它像直挺起来的绿海，让我痴迷

它的每一棵高高耸立的椰树
都有啄破苍穹的宏愿

那些饱满圆润的椰子
用海鸥听得懂的语言朝大海发声

我从一棵棵壮硕的椰树下走过
它们身上环状的横纹让我痉挛

感谢东郊椰林对我无言的拥抱
我们名字谐音，也许都有命运无限的可能

文昌椰子

海南文昌的椰子心中是满满的雪
海浪翻卷时，雪花也纷纷扬扬

它们在树冠上目击了太多的风云变幻
眸子里的流霞与月光都化成了清甜的汁液

不是所有人吮吸椰汁时
都能听得到椰子隐隐的哭泣

而远航归来疲惫的水手
从乳白的椰汁中回味起大海的欢悲

夜幕低垂，文昌高隆湾海滩沉寂如墨
青绿的椰子与我互慰曾经的沧桑

贝壳

在海南博鳌的沙滩上
有一些被海浪推上岸的小贝壳

它们被迫失去了海的语言
躺下的身体仍望着海的方向

我相信它们苦恋着浩瀚的大海
它们本来就是大海的一部分

涨潮了，我把它们放回海里
它们回赠我蔚蓝的迷离

它们将缓缓沉入大海深处
就像人间事，繁盛的褶皱中低垂着孤独

写在沙滩上

在海南博鳌的沙滩上

有一些被海浪推上岸的小贝壳

它们被迫失去了海的语言

躺下的身体仍望着海的方向

我相信它们苦恋着浩瀚的大海

它们本来就是大海的一部分

涨潮了，我把它们放回海里

它们回赠我蔚蓝的迷离

它们将缓缓沉入大海深处

就像人间事，繁盛的褶皱中低垂着孤独

留客村

任椰林绿色的风裹进这个村庄
我的脚步被八百年树龄的重阳木锁住

蔡家大院的飞檐翘脊气势依旧
斑驳砖墙上的青苔爬满了番客下南洋的故事

流马古渡口不再有歇脚留宿者的身影
万泉河的碧波荡漾着皮划艇选手的欢声

琼东的古驿道刻满了旧年旧事
鱼稻共生园的莲花摇曳向天空

世间所有的盛放与凋零都如流水
博鳌留客村日夜唱着一支古老的歌

东屿岛

想象过浊浪滔天，甚至准备好了

让咸涩的水洗濯我满身的风尘

想象过孤寂无援，甚至期盼起

可能的野生浆果为我充饥

宁静的东屿岛不动声色的微笑

只用椰风海韵花香就消弭了我的不安

而九曲江、龙滚河、万泉河与南海

它们结网呈献旖旎的秀美和丰盈

航标灯闪烁如炬，好梦入眠

我的心事被银色的月光悉数洒扫

东屿岛的黑天鹅

在博鳌东屿岛的湖泊里

一群黑天鹅试图游向不远处的南海

它们看到了南海，它们眼中全是南海

它们愿意为了南海放弃整个东屿

尽管南海可能赠予它们的是滔天大浪

尽管东屿岛赐给它们的是无尽的安宁

它们没能游向南海，虽然近在咫尺

它们用湖水洗净自己，证明内心的洁白

而高高的椰树目睹了这一切

我也在树下沉默，如树冠之上的云朵

博鳌落日

能够把南海染得遍体通红

太阳在博鳌拿出了看家本领

这是 1 月 31 日的傍晚，白玉湾流金泛银

博鳌亚洲论坛外的椰林充满柔情

多么壮美而辽阔，万泉河汇入南海的瞬间

所有椰子都在高高的树冠上鼓胀着爱恋

晚霞的烈焰如猎猎飘扬的旌旗

翩舞的碧波应和起早春的呼唤

我的心被这绚丽夺目的景象占领

我愿我的血全部在南中国海与落日一起燃烧

沙滩上的鱼

被巨浪拍到沙滩上时
它的眼睛仍望着南海

海浪一阵高过一阵
沙滩上的它艰难向海匍匐

一如当初的宏愿
一如它的伙伴，在深海中永不停止地穿行

卖椰人

从海口到文昌，从文昌到琼海
一路上都能见到椰子的贩卖者

阳光把椰子树的影子拉得细长
卖椰人的身影却小得不忍直视

椰汁清凉，椰肉甘甜，卖椰人面无表情
他不怎么晃动的头颅也算是只大椰子

终于成交了一笔，七八只椰子易主
卖椰人的神情未起任何波澜

而椰树在海风的吹拂下沙沙作响
湛蓝的海面划过了飞鸟的痕迹

何子妹

何子妹原来是渔民，现在不出海了
每天在博鳌玉带滩开沙滩摩托车

她载着我在玉带滩兜风的时候
眼睛不时地望着起伏的波涛

裹着花头巾的何子妹把摩托开得飞快
仿佛是带着我出海捕鱼

她说话是那么的风风火火
就像在波峰浪谷间撒网一样

摩托车在沙滩上风驰电掣
黝黑的何子妹让潮水退去后涨得更欢

夜航

夜幕下仍要航行

大海中的船让星星动容

波涛上的船要去追寻什么

答案在水手的眼中

船头犁开的阵阵浪花

绽出了逐梦者的不舍之心

此去会有怎样的凶险

曙色能否如期降临船头

黝黑的海从不暗示结局

风浪阻扼不了夜航者生命的欢欣

三亚

数不清的星星落入海面

日复，从未改变

无法描摹的湛蓝随波起舞

日复一日，从未改变

细细的沙粒，接受阳光的亲抚

日复一日，从未改变

太多的人并非因为孤独来到天涯海角

日复一日，从未改变

鹿回头是由于忠贞不渝的爱

日复一日，从未改变

宁静而又热烈，清新的美好和温暖

在三亚日复一日，从未改变

在柳州

这座城市因柳江而驰誉天下
清澈的柳江水悠悠百里
携明月借西江扑入浩渺南海

市中心的柳侯祠是柳州人的精神港湾
老市长柳宗元在罗池边沉思的身姿
让我一眼望去如同高耸入云的古亭山

随处可见的柳树总是青翠欲滴
有雨的时候，树叶爬满晶莹的露珠
无雨的时候，枝条摆动起万种风情

螺蛳粉弥漫着这座城市的地理文化意蕴
紫荆花洋溢南国花都灿烂的笑靥
数不清的桥梁在碧波上升起一道道彩虹

燃烧的钢铁，争先恐后驶出流水线的汽车
一支现代工业文明的交响曲
与柔软得令人痴醉的柳枝深情互动

如果我真的能在柳江边老去
如果柳州的柳叶能轻拂我苍老的额头
亲爱的，请相信我的无怨无悔

人民广场

柳州市中心的人民广场
高楼林立，地王大厦傲视群雄

一只鸽子不关心这里的商业地产价值
它宁愿多听几遍广场舞悠扬的旋律

它甚至毫不怯生地飞到我面前
它凝望我的目光如同芳草凝望春天

我感动于它对我的信任
我不能赠予它什么，除了写几行诗

也许它的呢喃连着我的期冀
它扑闪着的翅膀有我心底的梦想

好吧，亲爱的鸽子，让我们都绽放微笑
世界有些混浊，我们从柳江边重新出发

平流雾

百里柳江被平流雾锁住
景象如此壮观
人们如此不语

此刻所有的表达和倾诉都显多余
江水在朦胧中静静流淌
两岸的树影护佑着小花初绽

是预感我要来吗
平流雾与柳江清晨传情
湿润的空气清新得令人泪目

这弥漫大江的平流雾终将消散
所有被阳光亲切眷顾的事物
都将被和煦的风安放进虚无的秘境

程阳八寨日记

我已无法完成昨夜制定的周密计划

今天的天空蓝得让人惊诧

马安寨、平坦寨、平寨、岩寨

东寨、大寨、平甫寨、吉昌寨

花团锦簇的八个寨子都戴上了银头冠

清澈的林溪河水欢流

仿佛赴一场构思已久的约会

风雨桥上的灯笼用彤红的语言

问候气宇轩昂的鼓楼

它们与芦笙一起擘画八寨人的愿景

鸡鸭们踱着细碎的步子

恋家的小狗用心地倾听主人的呵斥与招呼

悠远绵长的侗族大歌让云雀忘了飞翔

就像我忘了时间也可以像桉树一样

把寨民们的期冀和梦想举向天空

石碑坪镇所见

百香果熟了的时候

连风都是香的

藤架前采摘的人

笑容如悬浮的彩霞

只有百香果心里明白

那些曾经的风雨和星辉

是怎样陪伴着度过生长的岁月

它们如散落的叶子

落在泥土上

不会被采摘人放进篮筐里

夜行三江

如果可以，我真不想打开车灯
不愿让灯光刺破这宁静的夜

群山此刻正在秘密交流
萤火虫是唯一被允许的听众

我能做到的就是将车速放慢
让轻微的风把桉树林抱紧

而甘蔗林不满足于星光的爱抚
它们甜蜜的梦想正从根系节节上传

榕江、浔江与苗江的波涛声由远及近
今夜月亮的歌吟仿佛带有三江县的口音

在贵阳

不止于文昌阁、甲秀楼
也不止于黔灵山和青岩古镇
当深夜的花溪不经意地发出水流声
我知道中山东路又一次落满了星光

这座城市不一定记得我是否来过
我只是她的一名过客
她温润如花溪的样子
不会拒绝爱她的人送上的紫色勿忘我

我终究要离开这座凉爽之城
繁芜斑驳的生活将继续对我实施包抄
我会在逼仄的日子里怀念贵阳
她的雨丝风片，她嘴角上浅浅的笑意

高原上的期待

高原上的黔南州奇峰竞秀万水争流
置身这钟灵毓秀文脉炯耀之域
我心中同样湿润清新凉爽
浓郁的负氧离子在我体内纵情狂欢

喜光的枫香树一直仰望天空
硕大的刺梨花娓娓叙述春天的由来
都匀毛尖茶润泽了锦绣江山
鲜嫩的水蕨菜让生活多汁和柔软

还有亭亭玉立的异形玉叶金花
高耸入云的南方红豆杉
银杏、乌梅、杜仲、鹅掌楸
马尾树饱满的坚果透出了高原上的期待

高原上黔南州的绿海有太丰饶的宝藏

而我只知晓有限的几种

我寻访的亲人或许就在苍翠欲滴的黔南

层层烟岚间飘忽着他的气息

都匀毛尖

在海拔千米的高山上
它与浓浓的云雾稀疏的阳光对唱
碧绿的叶片一旦被清冽的甘泉浸泡
就能让已逝的岁月袅袅飘香

它条索紧结纤细弯曲的外形
宛如黔南人的忍辱负重
那绿中透黄的动人汤色
折射了都匀山水的温暖和明亮

明亮的汤色

大口喝匀酒的感觉真好
匀酒里有在斗篷山流淌的隔妹河
有河边布依族苗族妹子清冽的歌声

深呼吸后品饮毛尖茶的感觉真好
茶盏里它紧细的条索卷曲如金钩
明亮的汤色中浸润了黔南的春秋

月光下漫步文峰园的感觉真好
巨大的云石让人流连忘返
让人怀想云雾缭绕的螺丝壳山

万籁俱寂中推窗凝视夜色的感觉真好
侗家风雨桥就在眼前，杉木湖也目力可及
我所理解的幸福和美大抵如此

又到福泉

又一次来到福泉

又一次在夕晖将隐的时候

同一个地方，同一个时间

我与福泉彼此复写心灵的约定

蛤蚌河与福泉山清秀依旧

洒金谷和葛镜桥已换好了晚装

鱼梁江边布依寨的歌声唤回归鸟

黄丝村的村民抑制不住晒秋的喜悦

小西门水城游人不绝

他们把惊叹发出在黔筑腹地

马场坪

福泉古称且兰国
在福泉乘火车必须经过马场坪
马场坪有纷繁的生活意象
马场坪有我似懂非懂的方言
马场坪的街道店铺晒场辣子鸡粉
特别是颜色火红不肯黯淡下去的辣椒
让我感到世俗的亲切
三三两两的人群从我身边走过
他们是布依族苗族侗族的兄弟姐妹
可能因为我相貌平平
看我一眼的目光就显得若无其事

我喜欢福泉，喜欢这个古称的且兰国
我其实说的是
我喜欢上了这个烟火味浓烈的马场坪
福泉站的绿皮火车
早就看出了此中端倪

瓮安日记

黔南州以北，瓮安
乌江水不紧不慢地流淌
就像云朵不紧不慢地漂移

正午的阳光均匀分配给了所有生命
凉拌折耳根、黄粑、香豆花、水豆豉
平静地等待欣赏它们的味蕾

拦了一辆三轮摩托
车主是位善谈的汉子
他惊讶地看了我手中的地图

他说在瓮安
只要沿着乌江就能看到绿绿的羊蹄甲
只要看到草塘火龙，来年就会接福纳祥

一只红锦鸡扑闪着彩翅飞过

它披肩状金黄色的后颈

差点让我赶不上瓮安至福泉的中巴

瓮安是一枚古老的坚果

暑热照顾了我一整天
水量丰沛的乌江和瓮安河
不在乎我淌出的汗滴

灰豆腐辣鸡粉黄粑访问了我的胃
傩戏灯夹戏和舞龙嘘花
与芦笙舞的角逐不分胜负

我看到花竹山之巅的那抹青黛
我看到盆地中央的玉米地
耕耘者正以裸背染黄将至的秋天

而山地之下潜伏了亿万斯年的磷煤矿层
此时在讨论着什么
草塘安抚司的青砖是否在诉说千年悲欢

我来不及更深入地探访

瓮安是一枚古老的坚果

进入它的内核我需要更多的晨昏

绿皮火车

绿皮火车从福泉开往贵阳
与我对坐的是两个布依族姑娘
她们友好地递给我香气扑鼻的糯糍粑
盈盈的笑意就像群山间飞过的太阳鸟

绿皮火车从福泉开往贵阳
两个布依族姑娘的服饰赛过了彩云
一路上她们不玩手机不刷抖音
眼睛只搜寻车窗外的梯田和茶园

绿皮火车从福泉开往贵阳
经过一个县城时，她们说没自己家乡好看
我已认定她们是黔南州最美的姑娘
她们叽叽喳喳的说话声犹如天使在歌唱

都江堰

爱就爱了，都江堰的水
从未让敬拜她的人失望

就连水边的萱草花
都被春天形容为季节的引路者

我在鱼嘴旁看古堰的画卷
李冰在青城山之巅看世事的变迁

安澜索桥上的游人
晃荡中咀嚼起历史的风云

青冈树与金丝楠合撑起青碧的天空
在宝瓶口粉碎的水浪构筑出花洲栈道

春梦不曾随云锦散去

岷江锁住的平川婀娜多姿

我终将离开这里的浩渺烟波

我心里从此驻扎下奔流不息的江河

登青城山有感

不是所有的风景
都像铜版纸印刷那样
如同一些人的爱情
在微信里与面对面时的不一样

在青城山邂逅了一生中最壮阔的绿
绿里最刻骨铭心的执着与深情
它让我想到报刊上
对于青城山的描摹有些肤浅

36 峰，72 洞，108 处胜景
这怎么会是青城山的全部
它的峰峦叠嶂和诸峰环绕
正在绿化起我稀疏的余生

杜甫草堂

如今的杜甫草堂已是一个很大的园区
游人如织，副业与文创品生意兴隆

我围着草堂转悠了许久
仿佛看到自号少陵野老的他从人群闪出

照壁、正门、大廨、柴门、工部祠
都与我一起目视流水萦回、小桥勾连

一枝青藤从墙缝中奋力爬出
朝着千万间广厦呼号，苍穹下回声不绝

先生！此刻我是多么的羞愧
我写下的诗篇不值藤蔓的一丝根须

武侯祠的松鼠

它也许是最有历史穿越感的松鼠
整个武侯祠连同三国风云
都是它的

就连晚上升起的一轮圆月
也是它的，属于它的
还有松树的躯干和墓冢前的幽思

游客们在布局方正的祠堂里评说先人
松鼠在一棵棵松树间自由跳荡
红墙外的锦里美食演绎繁盛的人间烟火

浣花溪

万树山、沧浪湖、白鹭洲
并不是浣花溪的全部

我看见红豆杉的树枝
摇落了一地旧时光

不知道此刻的浣花夫人
是否还在百花潭边搓洗僧衣

盛唐浣花、九里堤晓、江湾活水
联袂奉献锦城的秀美画卷

细雨中的桂花悄悄酿造秋意
杜甫草堂的诗行早已爬满了篱笆

写生的小青年把翠绿给了香樟林
把我绘成了情系浣花溪的人

成都春熙路

在临街的楼上静静俯视
落地窗为我展示了春熙路迷离的夜

网红女子走路的速度犹如电影慢镜头
沿街斑斓的灯光加剧了欲望的喧嚣

许多人钟情于香气扑鼻的美食
许多人在时装橱窗前流连不前

夜色如泉喷涌，但不知每一盏灯后面
是不是都有游走于心田的温暖和爱意

蜀锦织绣博物馆外的细雨

细雨飘落在了成都
飘落在了夏末秋初的交接棒上

蜀锦织绣博物馆外的细雨
竟比蜀锦织绣还更柔软

我忍不住梳理起历史的经纬
细雨其实也算是成都漫长岁月的标配

纵然我并未看到西岭的千秋雪
也没坐上东吴的万里船

细雨飘落，如节奏稳定的钟表
荣枯更迭，似令人痴迷的川剧变脸

而雨水终将停歇，成都的城郭心绪苍茫
潮湿的马路上是否多了相爱的人

春天的昭化

米仓山走廊到了这里

就不可抑制地更加出彩

嘉陵江、白龙江、硬头河争相奔流

葭萌关外山坡上的桃花

羞红了多少人的脸颊

白鹭、鸬鹚、苍鹭们的情话

在柏林湖湿地的菖蒲中此起彼伏

谁把风的帘子掀开

谁把绿毯铺展得如此婀娜

春天的昭化被一夜细雨浸润

让推窗遥望者的眸子映满了缱绻柔情

金牛古道抒怀

金牛古道的风景
此起彼伏着繁盛的故事情节

我是一名过客
也被古道上的翠柏喊住

被翠柏喊住的
还有铅灰色的流云

阳光穿透云层
把沉睡的岁月唤醒

那些厚实的册页
在鲜嫩如汁的晨曦中跳动

它们用新奇的目光

打量着葭萌关内外所有的崛起

绿色的风吹干了历史的汗水

我听到了广元大地强劲的心跳

重走翠云廊

这样的感觉何等奇妙

千百年的古柏张开苍劲的身体

拥抱我，告诉我繁盛的历史风云

甚至让我屏息静听岁月的孤寂和心跳

风把上山和下山的路都递过来

为走在过往与未来中的我身上

披上一件厚重而又青翠欲滴的征衣

在苍溪听嘉陵江

嘉陵江流到苍溪县后
有些激动，有些哽咽
那些抑制不住的泪花
与江边坡地上的梨花一同绽开

在苍溪，我听嘉陵江流淌的声音
那是浓重川北乡音的脉搏
是思念的血液沿河床狂奔
是一种致敬，朝着厚重历史的方向

而江边裸露的石头与草丛
都与阳光一起歌唱
它们与嘉陵江水的节奏合拍
在巴蜀大地游舞起奇谲的画卷

苍溪梨园

不是所有的人都分得清
什么是白云什么是梨花

在苍溪的梨园，我真不愿意
谁把白云跟梨花的区别说得太明白

我分明看见梨树枝头挂满了白云
梨花穿着的是白云的衣裳

果农眼里的爱意被白云心领神会
阳光下，她与梨花的歌声驱走了最后的春寒

美好就是这样悄然发生
比梦更真实，比炊烟更温馨

苍溪梨文化博览园

阳光多明媚，配上这湿润的风
人间多美好，都浓缩进这诗性的土地

梨乡几千年的雪梨史话
被梨花伴月台不倦地品读

苍溪淳厚的民俗风情
在一望无际的香雪海中生动洋溢

秦陇锁钥、蜀北屏藩的威严
任一朵娇羞的梨花破解

谁在这里徜徉，满眼尽是爱意
谁的步履轻盈，欲与春风齐飞

多少游子踏马行路于苍穹之下
对故乡的思念始于嘉陵江边梨花的绽放

光雾山的红叶

秋天的光雾山把所有红叶
悉数赠予了我

赠予我的还有彤红的笑容
还有川陕腹地漫长匍匐的岁月

红叶在光雾山翻转旋舞
它们飘飞与再现的样子是我的最爱

我知道它们已经或者即将逝去
如此灿烂的生命不值得因我而结束

而诺水河则在光雾山的石壁间穿行
它清澈得让人想哭的河水为红叶送葬

沉默的光雾山啊，温暖着红叶的死亡
燃烧的光雾山啊，我愿被你焚成遗忘

光雾山夏日的黄昏

夏日的晚霞
缓缓地为光雾山盖上披肩
从岩溶中挣扎而出的诺水河
穿越乱石滩
与红枫林在黄昏时分汇合
商议夜色降临前的又一次奔袭

我在南江县莽莽大山中转悠已久
我看见了采药的汉子
他背篓里盛满了枝叶与花束
他的女人掏出一瓶烧谷酒递给他
眼睛里写满了无尽而盈盈的疼爱
明月清风就在此一瞬间降临
让光雾山充满了暖意

巴山温带珍稀植物园

日落时分，万般不舍
上车前把目光投向植物园的门

这里是植物们自由的天堂
只因为珍稀是它们的护身符

它们谨慎地活着
小心翼翼地保持着濒危的笑容

它们有的已经迟暮
有的仍在空中弥漫起自己的体香

大巴山默默守护它们脆弱的心愿
天色已暗，所有生长的梦想都应该复活

陇西日记

从巴中的南江到定西的陇西

大巴载着我在光雾山、米仓山盘旋

以几个轮子之力

让我在十多个小时里

掠过了汉中的张骞墓、武侯祠、张良庙

掠过了天水的麦积山

三省的崇山峻岭和黄土高坡

深化了我对苍茫的认知

当威远楼的飞檐斗拱为我拂去风尘

我已几乎不能言语

这一天的穿越纵然结束于陇西

月辉下的眷念却汹涌扑来经久不息

兰州三江口

大通河拥抱湟水

湟水河汇入黄河

在兰州西固区达川镇

几只大天鹅从我头顶飞过

我不清楚它们是出发还是还乡

是的，我不清楚这里

是它们生命的驿站还是永恒的家园

我与它们好像有相似的命运

我们还没能理清完残冬的薄冰

又要抖擞精神去拥抱扑面而来的春天

感恩祁连山

我仍有前行的脚力
但祁连山却对我有了些微的顾虑
它巨大的山脉截住了东南季风
冰川高举起锐利的角峰和刃脊
让祁连山更加陡峻

数次行走在河西走廊
每一次跋涉都刻骨铭心
兰州、武威、张掖、酒泉、敦煌
祁连山默默加持我
让疏勒河倒流起我欢乐的时光

不是所有的记忆都会被皑皑白雪覆盖
祁连山满足了我对未来一切可能的想象

乌鞘岭

乌鞘岭力大无穷
不动声色地扛起了陇中高原与河西走廊

它把祁连山的雪慷慨赠予
即便盛夏也没忘了纷纷扬扬

季风过不了乌鞘岭
明长城与汉长城相会后就向西蜿蜒

马牙雪山的玉质银齿直插云天
哈达般的金强河呼号着奔向黄河

天苍苍野茫茫，乌鞘岭从不悲伤
丰美的水草是过往者眸子里的亮光

东来或者西去，自有万千气象
回首更疑天路，雄鹰在刺骨的风中翱翔

在天祝

在武威天祝县西大滩草原
一头白牦牛与我对视

它阔大的鼻孔吸纳格桑花的清香
结实紧凑的身体拒绝出现褶皱

天空飘扬零零散散的雪花
它对我突兀的到来露出疑惑

白牦牛的角向天空开张
仿佛要刺破命运的桎梏

而我的双脚注定要被命运放逐
白牦牛啊，请赠予我温暖的银铃铛

瓜州行吟

终于明白
这里最知名的特产不是瓜果
而是恣肆的风

它不知疲倦地吹
把布隆吉高低参差的土丘峰林
风蚀得如千驼奔走
把白虎关烽燧的信息
传递给疏勒河谷的砾岩与沙窝
它甚至把安西这个地名吹得老远
把这里的冲积扇沟谷
切割成岁月的十万根手指
让东千佛洞和榆林窟的壁画
在风中渐渐衰老
如同我远逝的青春

我惊叹这世界风库的魔力

它穷尽所有

就是想给瓜州插上巨大的翅膀

飞向更辽远的地方

张掖丹霞地貌

一生中多数时候都是沉默
此刻张掖的丹霞地貌
大声疾呼我与它们一起热烈燃烧

只有燃烧，张掖的大地上才会有丹霞
只有燃烧，世界才不会有可怕的沉寂
只有燃烧，人类的思想才会蒸发掉多余的水分

所有的风都在等待我做出一个决定
我与张掖的丹霞彼此凝视
时间消失，比想象更古老的是心跳的声音

阳关烽燧

我也许会忘记那沙尘的舞蹈
但不会忘记烽燧曾经放出的青烟

千里戈壁的寒风恣肆呼号
卷起了千年历史的繁盛与哀伤

精疲力竭的长城残垣下
古人的尸骨在沙砾中隐隐约约

今日的阳关已万丈雄心不再
如同我青涩年代的梦想已凋零成孤城

残阳如血，阳关的烽燧青铜般缄默
也许它和我都想听见彼此内心的涛声

鸣沙山月牙泉

那么多游客来了这里

那么多诗人吟咏过这里

我也想赞美这里

但《辞海》里可供我使用的词

已经寥寥无几

时光的流逝令人揪心

风夹沙而飞响

泉映月而无尘

胡杨从鹅黄到金黄

与芦苇花一起守护明艳的梦

在恶境之地

清流成了世间绝美的一汪碧泉

在沙山之中

月牙之形从未改变

我倾尽火焰，却不能回到从前

火车掠过峁圪垯

从延安到太原，从下午到深夜
K214 次绿皮火车掠过了多少个峁圪垯
绥德、吴堡、柳林、吕梁
山川起伏，河流蜿蜒
陕北话、山西话、甘肃和宁夏方言
在一个个站台间沸声传扬

我就这样形单影只地穿行于陕晋大地
与各式穿着的人谈起世事和风土
谈延安的小米和狗头枣
谈山西的刀削面和栲栳栳

此刻，K214 次绿皮火车驶入太原地界
车窗外星汉灿烂，万家灯火
它们的光芒足以让我眼眶湿润
一列长长的运煤车由远而近
就像一些不曾预告的温暖
给孤寂的人带来意外的惊喜

宝塔山上

站在宝塔山上

我多么希望是一棵树

与宝塔一起迎送日出与日落

即使是在黑夜

也依然站得笔直

把全身的枝叶都变成次日升起的云霞

站在宝塔山上

我多么希望我就是一棵树

蝉在我身上可以热烈歌唱

弯弯曲曲的延河水

可以把我的目光

延伸到身体无法企及的地方

站在宝塔山上

我与宝塔共同倾听曾经的军号声

风把南泥湾的花香带进每个人的心海

如果我真的成为宝塔山上的一棵树

我一定要让我的每一片新叶

都朝着枣园伸展开青春的叶脉

黄土高坡

它们深黄、浅黄、米黄、微黄
它们稻草黄、玉米黄、浅橘黄
风再怎么吹拂也构不成动态般的画幅

已是九月，它们一如既往地黄着
它们明白如果不是这样
春天里远飞的大雁就找不到回家的路

玉米、高粱、麦子、小米、山药、地瓜们
一直在峁圪垯上坚守苍天厚土间的秘密
汾河九曲十八弯，流淌着古老的梦幻

信天游的歌声远去，沟沟壑壑间
我的神情有些恍惚，从隧道中闪出的列车
瞬时丰富起了我对黄土高坡的想象

太行山

在西边不断地削山移土
在东边不断地填海造陆

河水切割出进入华北大平原的道路
红色石英砂岩耸立了多级断崖石墙

岩壁横向展开的气势撼人心魄
告诉世界什么叫北方硬汉、铮铮铁骨

中国人在这里建构中华视角下的宇宙秩序
风云际会中挺起了不屈的中国人的脊梁

巍巍太行山啊，泱泱华夏的精神高地
我若感觉自己不太行了，就再去攀登太行山

应县木塔

飞去又归来

成千上万只麻燕在这里筑巢

蛀虫是她们的美食

护塔卫士的神话

从辽代传唱至今

卯与榫紧紧咬合

刚与柔和衷共济

斗拱与梁枋心手相连

它们吸收和损耗各种能量

让千百年的战火、狂风和地震无可奈何

我惊诧于这黏土及砂石之上的奇迹

它以红松的木质身心

笑对人世间的浩渺与苍茫

K1573 次绿皮火车

从太原到延安，天空中的云朵叠起了罗汉
K1573 次绿皮火车呼哧呼哧地跑着
虽然远山悬着一抹又一抹金黄
但呼哧呼哧的绿皮火车眼中只有铁轨

交城、文水、汾阳、吕梁、吴堡、绥德
山梁啊，沟谷啊，成片的麦子啊
啁啾的大雁啊，这个季节里的各种念想
占据心灵一隅，却又悄悄地远离

我惊诧于它们离去的速度
更惊诧时间竟然分享这残忍的时光
当 K1573 从清涧县的黄土高坡隧道中钻出
我倏忽明白告别往事后，日子将更加空旷

虎头山上

——怀念陈永贵

他长眠于虎头山上

坟头朝着整个大寨的方向

也朝着昔阳县城的方向

寂静的虎头山是他最好的伙伴

我相信，在七沟八梁一面坡里

他的灵魂不会孤单

我想跟他说些什么

可话题若涉及人生、理想和信念

我又能说出些什么

此刻阳光把梯田镀得锃亮

数不清的果树和花草都随微风摇曳

灰喜鹊的翅膀扑打着我纷飞的思绪

常家庄园

多么美好啊
在晋中榆次东阳镇车辋村
儒商世家的常家庄园
我拥有了美好得无与伦比的一天

北依太行山脉，南俯汾河谷地
临街门户依次开，堡门关闭如一堂
富丽藏于深邃之中
平静却难掩气势非凡

可燕居，可耕读，可修身
可遐想，可观赏，可悦心
当然，更可咏叹
咏季节流变，叹世事沧桑

挑檐牌楼与影壁花墙相伴

溪桥、回廊、亭阁尽显通透和空灵
杏园、枣园、桑园都是静园秀美的呈现
小径与正院互通，历史与未来勾连

唤一声主人何在？庄园却寂静无声
万物各得其所，主人的音容已远
我也必须原路返回，暮色渐深
纵使再腿脚灵便，我也走不回乾嘉年间

娘子关

听说平定县很多天没下过雨了
娘子关长城绵山上的草木
都把舌尖伸向了远处的桃河水

一个人站在娘子关烽火台上
东眺石家庄，西望太原城
我自己成了晋冀交界处的背景

平阳公主当年率兵驻守于此
我看不清她的脸，但似乎能感受到
她身不离鞍、手不离刀的轩昂气势

她所拥有的正是我缺乏的
在巍峨挺拔的险峻关隘
一种遗憾从我心底缓缓升起

红马营村

晋中高铁站对面有一个红马营村
属于榆次区，原名叫黑马营村

村庄人口不多，家家都有平房小院
袅袅炊烟让人看了心安

村民们种玉米芝麻和大豆
公路常常成了他们的晒场

听说高铁站还要进一步扩建
闻讯后的村民们又喜又忧

他们不喜欢搬进单元楼式的安置房
担心以后闻不到泥土的气息

如果看不见向日葵的笑脸，听不到蝉鸣
他们的心也许会越来越空

玉米地

在晋中榆次路过一大片玉米地
一大片啊，一眼望不到边

结实饱满的玉米棒子
用特有的金黄表达成熟的喜悦

而秸秆却容颜消瘦
渐渐褪色的叶片将回归大地

收割机的轰鸣声由远及近
晒场上即将呈现丰收的画卷

我也算是躬耕一生的人了
却没有像样的收成可以被太阳翻晒

就像心中有炽烈的爱
却不能熊熊燃烧

从天水开往宝鸡

我乘坐的动车从天水开往宝鸡
让我疑惑我是不是要背着秦岭进入关中地区

向东，向东，这是不可更改的方向
被动车掠过的山梁眼神里写满了渴望

就连隧道也充满了期待
黑暗中它奋力搜寻着可能的光

而钢轨总是固执地伸展梦想
即便是听到了朱鹮的歌唱

关中大平原的笑容日渐清晰
悠长的汽笛声丰富了我对三晋大地的想象

宝鸡青铜器博物院

我分明是从这气势恢宏的建筑走了出来
感觉目光仍停留在里面陈列的物件

停留在剑戟矛盾和那些酒器铜镜和佛头
停留在簋和鼎，还有编钟、罄和秦公镈

我仿佛看见西周的风曲折流转着历史脉络
听见祭祀或宴飨时的阵阵乐音

春秋被它们诉说，凝固的风尚有生动的气韵
文明的初声回响绵绵，青色光芒厚重而温润

流水苍苍东去，不问过往，不看谁的怆然泪花
我裹紧衣领，不让凉意侵袭我热爱的人世间

神秘的笑容

数不清的游客望着麦积山石窟
麦积山石窟朝他们露出东方的微笑

这笑容表达了什么，隐喻了什么
麦积山石窟始终不给出任何答案

游客们来了，游客们离去
朝霞化作白云，归雁衔来暮色

麦积山石窟依旧静静伫立
仿佛白日里的喧嚣不曾有过

在从麦积山驶往天水的车上
忽然浮想起那神秘的笑容

我从未对世界丧失热忱啊
虽然总有一些沮丧撕扯我生活的册页

渭河

在咸阳我目睹了渭河水的流淌
它不徐不疾的样子让芦苇情愫暗生

它瞄定了黄河的方向
它的流速告诉人们它不想听谁的叹息

我也行走于八百里秦川
关中平原也有我浅浅的足印

但我缺乏渭河的气度
太在意泾水与渭河孰清孰浊的争议

咸阳的第一场秋雨下得猛烈脆响
如同响遏行云慷慨激昂的秦腔

我把落在身上的雨点放入渭河
像野花一般隐进无尽的苍茫

苹果的心事

此刻，我就是一只苹果
挂在枝头上，接受风雨的洗礼

此刻，我就在陕西礼泉县
我所有的汁液都汲自于八百里秦川大地

此刻，我尚有青涩未褪
但人们可以看见我正浮起的红润

我的重量与日俱增
枝叶们听得到我的心跳

那个头裹白羊肚毛巾的汉子正在歇息
他松土的锄头闪着银色的光

我知道他正在等待着我的成熟
而此刻我在默数下一个春天的归期

乾陵

游客是不允许进入乾陵主墓的
已登上半山腰的我可以证明

而我即使获准进入乾陵主墓
究竟是为了观看什么

李治与武则天的故事家喻户晓
他们不为人知的事情已是千古之谜

让他们安静地长卧于乾县梁山之上吧
无字碑就是信息极为丰富的载体

海拔 1047.9 米的梁山北峰之下
盛唐的阳光在泔河与漠水的水面上流淌

中华石鼓园

东临茵香河，南靠鸡峰山
西望宝鸡城，北瞰渭河水
石鼓山上的传奇
闪耀着周礼之邦的光芒

那些壮硕的石鼓是被点化的石头
从此与文明相伴
而历史却常常不按顺序出牌
总是用金戈铁马演绎起苦难与辉煌

往事越千年，墨绿的青铜器
与石鼓们一起仍在无声地述说
我也想与它们共同呐喊
喊山喊水喊一个破茧成蝶的自己

路过烟霞镇

礼泉县烟霞镇的玉米熟了
辽阔的玉米地看不见采收的人群

玉米棒想回到种子时代重温童年的梦
玉米叶拖着长裙想覆盖过去的时光

天凉了，冷雨阵阵，秋寒日甚一日
饱满的玉米粒茫然地在风中期待

不仅是玉米，枣、柿子、苹果都在期待
翻阅旧事中思忖起明日

甚至连过路人的我也在期待
迎面而来的初雪扑不灭心中的火焰

西府古街

宝鸡西府古街不只是一条街
它有多条互联互通的巷道
如同大树的主根延展出许多根须

沿街老宅的屋檐承载过百年风雨
主人多已故去，仿佛细雨沉沦
只有青砖灰瓦记得往昔的时光

或许曾经的岁月过于苦涩
今日的西府古街以吃货天堂闻名
蜂拥而至的食客们味蕾在激情狂欢

有喜欢美食的，就有闹中取静的人
一个扎着马尾的女孩倚墙读书
她肩上披满了初秋的阳光

袁家村一瞥

袁家村的热闹
再大的风也吹不散

游客们蜂拥而至
争相成为各个景点的浪花

也有不为喧嚣所动的
譬如那些玉米地旁的豆荚

青嫩的叶，乳白的花
与玉米们一同举着葱绿的火把

太阳下山的时候
它们的眸子都望着村里的炊烟

咸阳古渡

渭河的流淌依旧沉稳

像极了朴实憨厚的关中平原汉子

古渡至今未亡，不过却无法呼吸

遗址成了它今天的名字

当年系船缆的碇石已躺在博物馆

渭河的浪花再也扑不到它们身上

我依稀听到老码头的石阶

在微凉的风中啜泣

凤凰台、清渭楼与古渡廊桥也听到了

夜空里隐约飘荡着它们低沉的呜咽

平顶山

这个被誉为煤都的地方人太多了
平原辽阔铺展，一眼望不到边

大块大块的云朵在天空追逐嬉戏
它们用飘逸的方式解读着自由

许多杨树在等风来
许多杨树已经完成了哗哗作响的练习

我从平顶山博物馆出来
广场的空旷让我手足无措

在平顶山，我没有一个认识的人
我必须安顿好无从依赖的自己

颍河、洪汝河自北向南奔流

乌金般的煤层在地下书写黑色诗篇

我坐在建设路的水泥墩子上
看公交站台，看公交车轮番来去

它们多像内心中的自己
一个渴盼归来，一个期待出发

一片杨树叶正好落于我脚下
这是不是一个印证的预感

假如一切都能重新谋篇布局
平顶山，你给予我的将是绮丽的江山

鲁西大平原

从菏泽到聊城再到德州
鲁西大平原一直诱惑我
希望我能赞美它

可我早已过了才华横溢的年纪
我已习惯了江南细腻的草木和流水
我的笔几乎被四月的蔷薇软禁

鲁西大平原不折不挠地向我展示
它的大气和辽阔，就连青纱帐
都执拗地跟随我的行程狂野铺展

我看见阳光一遍遍涂抹着
整个鲁西大平原让世界宏大了起来
而我熟稔的记忆中的江南似乎有些瘦削

青纱帐

从菏泽到聊城，从聊城到德州
从德州到滨州，一路上都是满屏的青纱帐

满屏的青纱帐，覆盖了春天和夏天的秘密
翩飞的蝴蝶已在等待又一年的蝉鸣

疾驰的车轮啊，是否在帮我逃离内心的慌乱
麦田的清香，氤氲我白发丛林深处的灵魂之门

阳光如此灿烂，我的余生无处遁形
青春已成追忆，梦想却仍在田垄上挣扎

时间和气息，在青纱帐里恍惚与消散
风扬起漫天绿意，风一直煽动绿色的火焰

236 国道

236 国道最能理解我的心情
它用有限的曲折和丰盛的笔直
承载了我对沾化的思念

四十公里，三十公里，二十公里
每一段路程的闪过
都意味着重逢的迫近与实现

大杨树的哗哗声仿佛是岁月的呼吸
麦地收藏着青春的记忆
在时间的经纬线交织并凝固

蓝色的路牌在十字路口耸立
就像一朵蓝色的勿忘我
终于盼到了春天的旧期

沾化李家乡之忆

山东，滨州，沾化，李家乡
在黄河入海口辽阔的冲积扇平原
雪恣肆落下，毫不顾及天空的尴尬

这是二十年前落在李家乡的雪
从此，我迷恋上了雪
迷恋上了它漫天白色的燃烧

尽管中年的雪早已开始焚烧我的余生
我也依然不忘在黄河入海口
我曾热烈拥抱那场纷纷扬扬的大雪

现在我尝试着与自己和解
二十年后的李家乡沃野依然蓬勃
我的双脚已踏不进那个冬天

渤海风

我被渤海风裹至这里
黄河三角洲赠予我满目芦花

麋鹿在奔跑，丹顶鹤的舞步优雅大方
刺槐、白榆和毛白杨都的歌声划破了长空

阳光如此写意，将海岸线照得愈发明亮
所有出发的渔船，都获得了海鸥的亲吻

在这里，我与一切的美好对视
一切的美好漫过了我曾经的青春

请求渤海风把我吹向更远的地方吧
让我在海天之间安静的老去

徒骇河

徒骇河流向渤海的时候
似乎有千般眷恋，万般不舍

渤海涨潮时选择在夜晚
它回灌徒骇河时满脸都是忧伤

这多像我与兄弟们重逢后的敬酒
一杯是岁月的怀念，一杯是相聚的惊喜

徒骇河畔

走在徒骇河畔，我把脚步放轻
我怕惊扰的徒骇河与渤海的对话

其实她们一直在对话，一直在呢喃
一直在用各自的清凉为世界降温

时间在这里流失或沉寂
略带盐碱的土地上，冬枣树正神秘的微笑

目送徒骇河汇入渤海

在滨州沾化，徒骇河缓缓汇入渤海
她万般不舍的样子让冬枣树林哽咽

太阳跃出海平线，晨光与海潮扑面而来
汇入渤海的徒骇河有了淡淡的咸味

这是渤海对徒骇河情感的盛大表达

所有的爱恋与期冀都起伏于涌动的波浪

我相信徒骇河此后再不孤单

渤海从不让自己世界里的每一滴水孤单

背影

他站在黄河入海口
偌大的冲积扇平原
成了他命运的背影

风吹不动他的身躯
风吹动了他鬓角的白发
还有他足下的泥沙

流入大渤海的黄河
一直思念着
在岁月烟尘中隐去的故道

就像他眼角被风干的泪水
在夕阳下褪去了透明的痕迹
脸颊任月光芦花般轻抚

黄河流入大渤海

他站在黄河入海口

听远去的青春的咆哮和奔流

黄河入海口

滨州、利津、沾化、垦利、河口、东营
一个个坐标点为我定位出了黄河入海口

它们为我铺开了巨大的画卷
为我展出了辽阔的地平线

向东！向东！向东！一切都势不可挡
我听到了黄河激情澎湃的呐喊

向东！向东！向东！地平线没有褶皱
只有波涛般起伏的青纱帐

我想让风放缓吹拂的速度
这里绿色火焰的燃烧足够热烈

我想让丹顶鹤再丰富些舞步

漫长的滩涂绚烂着无尽的诗意

阳光热烈明亮，鼓励所有飞翔的翅膀
风吹麦浪，穿过冬枣林后通体幽香

让我贪婪地张望这片土地的丰饶吧
张望绸缎般的沃野和高耸入云的采油树

让我痴迷地反复聆听这片土地的声音
聆听东方白鹳和渔船归港时欢快的合唱

还有多少火焰将会喷薄而出
还有多少秘密尚待向世间昭示

变幻着沧海桑田的黄河入海口
缀满了苦难与辉煌锻打的首饰

在这辽阔地平线上创造奇迹的人民啊
芦花般温暖的光芒永远在眸子里闪耀

淄博的半日时光

特意从东营驾车到淄博
却不是为了热度滚烫的淄博烧烤

用了一个小时看博物馆
那些实物和图片让我浮想联翩

街心公园的梧桐树恬淡祥和
恋爱季的蝴蝶们在绿地上追逐各自的心仪

市民广场的风筝高手争相释放自我
垂柳在湖面上进行每天的造句练习

车流平缓有序，行人的脚步不疾不徐
报刊亭洋溢着时令饮品的冰凉与甘甜

我看见的淄博如此有限

只好委托风替我四处逡巡

如果我写出了一首关于淄博的诗
我想与跳广场舞的淄博大妈们一起朗读

青花龙纹梅瓶

它有折沿、细颈和丰肩
三道卷草纹自上而下
把器表纹饰分割为三
它肩部的如意云头纹上
内绘了缠枝的菊花和忍冬
腹部的云龙纹飘满了祥云
胫部的仰莲瓣纹里
填着的是一滴滴晶莹的露珠

它静静地立在一只玻璃罩内
那只玻璃罩连同菏泽市博物馆
都试图解密它的真相
而它始终沉默不语
任我这样的探访者穷尽一切想象
也不能推演出无懈可击的逻辑
也许它本来就是以三道卷草纹

表达制瓶者心中的悲怆或者寄怀

当岁月转身到元宇宙的今天

我们看到它的美竟是如此的孤独

贺兰山岩画

为什么你们会出现在这里
天高鸟飞绝
岩羊跳来跳去
是为了捕食还是为了躲避
瞬间就要降临的灾祸

太阳是真正的神
所有的舞蹈
都献给了它令人眩目的光芒
北边的风很冷
把鹰翅上的冰凌吹得愈发结实

你们或许同样会疑惑
为什么我会出现在你们面前
千百年之前与之后的故事
也许不该叙述，因为说着说着
天空就不情愿地暗了下来

扎赉诺尔

从海拉尔到满洲里
扎赉诺尔注定要让我的眸子欢欣

扎赉诺尔的矿区辽阔
比矿区更辽阔的是草色青青

每一棵草都肆无忌惮地生长
格桑花追着额尔古纳河唱歌

跃马扬鞭的汉子哪里是在放牧啊
他一直沉迷于昨夜的奶茶飘香

扎赉诺尔，蓝天白云下的我
被你圆润的草籽砸进了春天

山丹

乌兰察布草原一望无际
山丹花最能洞察旅者的孤独

午后的草原沉寂无声
只有风吹动我单薄的衣衫

山丹钟状的花形如此清丽
她硕大的花瓣吐露着草原的气息

她坦然接受天地日月馈赠的样子
让身心疲惫的我倏忽羞愧万分

黑骏马

在苍茫的呼伦贝尔大草原

我不敢有骑马的念头

我眼前的骏马黝黑高大

它奔驰起来的样子一定令山川动容

而我一生平庸无所作为

我羞于骑在伟岸的马背

沉默的黑骏马怀念英雄

我只配诵读泛黄的英雄史诗

目击

呼伦贝尔足够广袤
即使像我这样走路带风的人
穷尽一生也走不出
呼伦贝尔草原无边的绿色

甚至，我穷尽一生
也听不完马头琴弦上的爱与忧伤
蒙古包外的勒勒车
又怎么可能载得完牧羊人的相思

除了让九曲河蜿蜒得更长
我已想不出还有什么办法
可以改变野花们绽开的姿势
可以不让每一棵草互相依偎

贺兰山

天空在这里忽然就安静了
连风也不作声
鸟飞着飞着就消失了
阳光也停止了对云朵的亲抚

岩羊敏捷地在石壁上跳跃
它们投向游客的目光写满了机警
岩画上的太阳、月亮、雄鹰
强烈昭示了先祖对光明的渴望

我如岩羊般艰难的攀岩而上
我的前面或许是万丈虚空
弓箭、刀剑、沙砾、冰雪
英雄的梦想啊，让天涯客远走他乡

长白山天池

不要告诉我

它的 2189.1 米的海拔

不要告诉我

它是华夏大地最高最深的火山湖

二道白河从这里

抖开了长长的白绸带

松花江、鸭绿江、图们江从这里

怀揣着初心奔流四方

此刻，它以封冻的姿势

密藏起千万年前炽热的笑靥

我在这里，接受它

以固态的水对我的承载

我感受到了零下二十五度下
它隐忍着的爱与渴望

它被十六座山峰环伺
十六只巨大的花环晶莹剔透

冰雪终将消融
草木枯后亦荣

它终将重现满池的碧水
我也要蹒跚着走向暮年

而现在我在这里
大雪猛烈扑打着我的脸颊

多么惬意啊！欢乐、幸福、自由甚至狂野
恣肆的风雪听见了我与长白山天池的心跳

布尔哈通河

冬日的布尔哈通河
以冰冻的姿势熟睡了

它梦见了哈尔巴岭东麓的沼泽地
梦见了源头上奔跑着的梅花鹿

它梦见了明月镇、老头沟镇
梦见了延吉的金达莱和图们江的风

我在清晨身披霞晖来到河边
布尔哈通河熟睡的样子动人心魄

一切似乎都静止了
冰雪忘了火焰，时间忘了尘世

后记

这部诗集中的作品由我近年创作的诗作中选编而成，以2023年创作的为主，在很大程度上延续了《苍穹之下》《大地之上》的风格。当然，也有一些新的尝试。

行吟于大地，思考生命的厚度，是一种在心底妙不可言的快乐。它为我的生命赋能，让我更加新奇地打量并且更加热爱烟火人间。

至诚感恩我的家人对我的理解和支持，至诚感恩各位朋友的鼓励，至诚感恩横店影视城石慧央女士、四川悟阅文化传播有限公司编辑部彭雪女士、百花文艺出版社责任编辑为了这部诗集的出版所付出的辛劳。

等到落日余晖后，便是满天璀璨的繁星。为所有热爱生活的人祝福。

曾毓琳

2024年1月16日

于江西赣州市蔚蓝半岛